生活魔術師達、海底神殿に挑む
丘野境界
Kyokai Okano
Illustration 東西
宝島社

《マルティン・ハイランド》
《カティ・カー》
《リオン・スターフ》
《ソーコ・イナバ》

《フォウ・テイラー》
《ティティリエ》
《フラム》
《ケニー・ド・ラック》

《ゴリアス・オッシ》
「私には炎や雷といった
華やかな魔術こそが相応しい……
地味な土属性の魔術はどうにも、馴染めんな」

生活魔術師達、海底神殿に挑む

丘野境界
Kyokai Okano
Illustration 東西

宝島社

Life magicians, challenge the Undersea Shrine

CONTENTS

CHARACTERS

キャラクター紹介

ケニー・ド・ラック

マイペースで面倒くさがり。
奇跡の神子として敬われていたが、巡り巡って
義理の親である神秘学者に引き取られた。
『七つ言葉(セブン・ワード)』という文字数制限ありの音声認識で、
願望を具現化するチート魔術を使う。

ソーコ・イナバ

十二歳ぐらいに見える妖狐族の少女。
気難しく、頑固で負けず嫌い。感情が尻尾に出る。
東の果ての国ジェントからの留学生で、
被っている狐面は魔力を制御する機能がある。
使用する『時空魔術』は基本、収納がメイン。

リオン・スターフ

温厚で常識人。実は隠れファンが多い。
自ら魔女に弟子入りしたが、田舎に住んでいる
師匠が怖い。実家は農家で、今も仕送りをして
いる。動物やモンスターの素材から使い魔を生
み出す事ができる呪術が得意。

生活魔術科

カティ・カー

指導能力抜群の、生活魔術科の科長。小心者で、押しに弱くお人好し。家族揃ってなし崩し的に十年ほど魔王討伐軍の復興支援部隊を手伝っていた。

マルティン・ハイランド

生活魔術科に属する、穏やかな性格をした吸血鬼の執事。長身で、オールバックにした銀髪、紅瞳、色白のイケメン。『仮初めの生命』という、物質に己の魂を分け与える力を使用する。

ディン・オーエン

元戦闘魔術科の落ちこぼれグループの一人。つい先日、生活魔術科に移籍した。魔力放出の調整が苦手だったが、生活魔術『測定』でこれを克服した。

カレット・ハンド

王都にある大商会『ハンド商会』の娘。明るい人気者で、校内の友人も多い。美声の持ち主であり、また声帯模写も得意。使う魔術は『音量操作』で、魔術学院では校内放送を担当している。

グレタ

女の子大好きな双子の兄。普段ふざけてばかりいて、とてもそうは見えないが、魔道具作りを得意とする優秀な技術者。ケニーや弟のレスの要望に応え、様々な発明を実現している。

レス

生真面目な双子の弟で、作業を自動化・短縮化させる『工程圧縮』の魔術を使う。生活魔術科における、スケジュール管理や他魔術科との渉外の要。兄であるグレタとの違いは眼鏡を掛けていることと、顔が引き締まっている点。

偉大な(?)方々

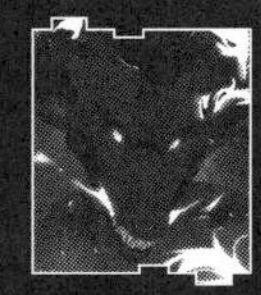

ボルカノ

火の龍神で、神と並ぶ伝説的な生物。清掃業務を依頼したことで、リオン達と知り合う。

フラム

ボルカノの娘。散歩が大好き。何でもよく食べ、リオン達に懐いている。敵意察知の感性の高さから、火龍の娘の片鱗が窺える。

ティティリエ

海底都市の女帝。基本無表情で無口、ラスボスオーラが漂う美女。本気になれば津波や海流の操作も余裕な力の持ち主。

戦闘魔術科

ゴリアス・オッシ

元宮廷魔術師。戦闘魔術科の科長であり、学年主任。何事も派手にしたがり、生活魔術科を下に見ている。

フォウ・テイラー

リオン・スターフの友達。考えるより先に身体が動くタイプで、戦闘魔術も身体を強化するモノがメイン。

第一話　生活魔術師達、臨海学校に向かう

ノースフィア魔術学院の会議室。

黒板には『今年度の臨海学校について』と書かれている。

学院長は出張で出掛けており、楕円形のテーブルを囲む各魔術科の科長達によって、会議は進んでいた。

臨海学校に参加する生徒や職員の数、行われるイベントも決まり、会議室内にはやや弛緩した空気が流れ始めていた。

「さて、おおよそのイベントと準備に必要なモノも決まりました。今年の臨海学校も、頑張っていきましょう。生活魔術科、カー先生にはまた、夜間の巡回や各種設営の準備をお願いしますね」

当たり前のように言う議長に、生活魔術科の科長カティ・カーは慌てて身を乗り出した。

「ちょ、ちょっと待ってください！」

「え、あ、はい？　何でしょうか」

「いえ、何でしょうか、ではなくその部分なんですけど、巡回や設営って割り当てとかではなく、私達生活魔術科の担当で確定なんでしょうか？」

「はい？　え、でも例年、そうですよね……？」

何故今更そんなことを？　とやや戸惑った様子で、議長はカーに尋ねた。

そしてその戸惑いは議長に留まらず、他の魔術科の科長にも広がっていた。

これはまずい、とカーは思った。

「ちょ、ちょっと待ってください皆さん！　おかしいですよ!?　というか去年も私、臨海学校が終わった後、言いましたよ？　来年は各科で分担を考えてくださいって……」

「しかしカー先生。そうした雑用に一番向いているのは、間違いなく生活魔術科ですよ」

顎髭をしごきながら、カーを窘めるように言ったのは、戦闘魔術科の科長、ゴリアス・オッシだ。

「向き不向きの問題じゃないんですよ！　あのですね、私達がする必要もないような雑用までするのはおかしくないですか？　ベッドメイキングとか配膳とか」

「確かに、それはそうです。けれど、生活魔術科のそうした目に見えにくい気配りのおかげで、臨海学校の運営はスムーズに進められているんです。その点はみんな、感謝しているんですよ。ねえ？」

オッシは肩を竦め、周りの科長達に同調を促した。

そうだその通りだ、と彼らもしきりに頷いていた。

それが本音か、それとも単に面倒ごとを嫌ってのことかは、カーには判断がつかない。

けれど、自分の教え子達のためにも、ここで退く訳にはいかないのだ。

「ありがとうございます。でもですね、そのせいでウチの生徒達は、各魔術科に割り振る形で活動せざるを得ませんでした。例えば海の中のダンジョンに潜る戦闘魔術科と、港で現地職業の経験を積む精霊魔術科のお世話を、同時にはできませんからね。休憩時間は少なく、多くのイベントでも裏方に回り、各科対抗の競技にも参加できませんでした」

カーは議長に訴えた。

「それは……申し訳なく思います。でも、そんなに不満があったのなら、言ってくれれば……」

「言ったんです、去年‼　終わってすぐに‼　別の機会にも何度か言いましたよね？」

「え？　えぇ……？」

議長はまるで初耳、といわんばかりに驚いているようだった。

それはつまり、カーのこれまでの訴えが何一つ、伝わっていなかったことを意味していた。

「……でも今、ハッキリ分かりました。完全に聞き流されていたんですね」

「いや、その……すみません」

「謝られても……」

カーとしては、これ以上責めるつもりはない。

ただ、徒労感が大きいだけだった。

そこに、オッシが割り込んできた。

「まあまあ、落ち着いてください、カー先生」

「何ですかオッシ先生」

「さっきも申し上げた通り、このことについては他の科は皆、感謝しているんです。決して蔑ろにした訳ではなく、むしろ臨海学校の運営には必要不可欠。いなくては困る存在なのですよ」

「それは、ありがとうございます。だから全ての雑務を行って欲しいということですね？」

　カーは、軽く皮肉を込めた。

　すると、オッシはまるで聞き分けのない子どもに言い聞かせるように、苦笑いを浮かべた。

「ですから、そんなカッカなさらずに、落ち着いてくださいと申しているのですよ。皆が喜んでいるのですし、カー先生率いる生活魔術科も、てっきり喜んでやってくれているのかと思っていました。まさか、そこまで不満を持っていたとは、さすがに思いませんでした」

「モノには限度があるっていう話をしているんです！」

　魔術をもっと身近に。

　人々の手助けをする魔術が、生活魔術のコンセプトの一つだ。

　誰でもできるが少々面倒くさい仕事や、目立たなくても大切な仕事を行うことは厭わない。

　けれど、あれもこれもと押しつけられて、いい気分でいられるほど、お人好しでもないのだ。

「しかしですな、臨海学校というのはある種、特別なイベントです。本土から離れた島での生活。そこで行う雑務や裏方の仕事は、生活魔術科の生徒達にとっても貴重な経験になるでしょう」

「だから、そこの黒板に書かれているようなイベントに参加する必要はない、ということですか？」

　自分達は雑用に追われているのに、周囲の魔術科が笑って遊んでいる光景を見せられて、いい気分でいられるはずがないのだ。

カーは目を細めるが、オッシはまったく怯まない。単純にカーの迫力不足と、戦闘魔術師としてのオッシの胆力の賜であった。

「いや、そうは申しませんが……ただ、各科対抗の競技に参加しても、生活魔術科が上位になるとはちょっと思えませんがね。何名かの生徒は、冒険者登録を行ったようですが、科全体としてはさすがに……」

「参加することに意義があるんです！」

カーは、バンと机を叩いた。

「まったく、勝ち目がなくても？」

「はい！」

「ちょっとその辺は、理解しがたいですな……」

オッシは眉を顰め、首を傾げた。

「それは、オッシ先生が戦闘魔術師だからです」

勝てない戦いに加わる意味などない、と考えるオッシと、ただイベントに参加して楽しんでみたいと考えるカーでは、意識に差がありすぎるのだった。

「ふぅむ……しかしですな、やはり生活魔術科には巡回や設営などをしてもらわなければ、困るのですよ。カー先生達のそうしたわがままで、他の科の活動が滞るのは望ましくない」

オッシの断言に、一瞬カーは絶句した。

「わ、わがまま……」

「ええ」

何かおかしなことを言いましたかな？　とでも言いたげなオッシに、カーは吠えた。

「他の科と同じ扱いを望むことをわがままと言うのなら、生活魔術科はどれだけ軽んじられているんですか！　ウチの生徒達にも、他の科の生徒達のように、平等に臨海学校を楽しむ権利があるんです！」

「ですから、そういきり立たないでもらいたい。それにさっきからも言っているではないですか。必要なのです。軽んじている訳ではない」

「昨年、大きなイベントとしてバーベキュー大会がありました。今年も組み込まれていますね」

カーは黒板に書かれたイベントを指差した。

「む？　ああ、実に好評でしたからな」

「生活魔術科は、臨海学校の参加者、教師も含む全員分の食材の用意から仕込みまで行いました。にもかかわらず、私達はその食事にありつけませんでした。串焼きの、一本も口にできず、酒場でささやかな打ち上げをするのがせいぜいでした。しかも、後片付けもゴミ捨ても、生活魔術科以外しませんでしたよね？」

カーは、席に座る教師陣を見渡した。

天井を見上げたり、スッと顔を背けたりと、カーと視線を合わせようとする者はほとんどいなかった。例外があるとすれば、ゴリアス・オッシぐらいのものである。

「これは、由々しき事態です」

カーは叫んだ。

「自分達の必要なモノは自分達で用意する！　後片付けを人任せにしない！　そうした最低レベルの行動ぐらいは、各魔術科でやってください！」

何で、こんな幼年学校の躾みたいなことを言ってるんだろうとカー自身思わないでもなかったが、言わなければ絶対やってくれそうにない。

王立の魔術学院がこんなので本当に大丈夫だろうかと、少々不安にならざるを得ない。

「カー先生の言い分は分かりました。どうでしょう。一つ、賭けをしませんか」

「……教師が賭け事というのは、感心しないと思います」

「もちろん、お金を賭ける話ではありません。こちらとしては、カー先生率いる生活魔術科に、裏方の仕事をしてもらいたい。カー先生は生活魔術科の生徒が臨海学校のイベントにも参加できるようにしたい」

「正当な要求だと思います。譲るところなんて、ありません」

「……そうですな。この臨海学校のイベントがどのようなモノかは、カー先生もご存じでしょう？」

「はい。課題ポイントの取得による、ランキング制ですね。島に設置されたガーゴイル像がカウントする」

ガーゴイルとは、蝙蝠の羽を持つ悪魔の姿を模した、石像型のモンスターだ。

ただ、臨海学校の舞台となるイスナン島のガーゴイルは、魔術学院初期の錬金術科が造ったゴーレムの一種で、人間を襲うこともなければ、そもそも動くこともない。

ガーゴイルはイスナン島の中央にある、職員達の拠点となる『城』の大広間に据えられている。

『城』のほとんどは、職員達が業務や会議を行う施設で、生徒達は出入禁止だが、門から大広間までと敷地内に併設されている宿舎には出入りが自由となっている。

ガーゴイルはそこで、『課題ポイント』をカウントするのが主な仕事だ。

課題ポイントはその名の通り、生徒が課題をこなすことで加算される。

各魔術科単位の大きなイベントと、生徒単位の小イベントをいくつかこなすことにより、大体の生徒はクリアができる。

規定のポイントに達しなかった生徒は、本土、つまりこのノースフィア魔術学院に戻った後、補習となる。

ガーゴイルは、課題ポイントのカウントの他、海藻の採取や海棲モンスターの討伐、海水から精霊を召喚させるといった、小イベントの掲示も行う。

この辺りは、冒険者ギルドの依頼掲示板に近いだろう。

加えていえば、予想外のイベントが発生した場合にも、臨時の課題ポイントは加算される。例を挙げれば、海で溺れた生徒の救助、突如現れた巨大モンスターの討伐などがこれに該当する。

課題ポイントの数字は、ガーゴイルがそのイベントごとに計算する。

「カー先生。総合得点で勝負をしましょう。生活魔術科が勝てば、来年以降、イスナン島における戦闘魔術科の雑務は、一切やっていただかなくて結構です。荷物の運搬、備品管理、掃除洗濯、イベントの後始末、全てです」

「こちらが負ければ？」

「それらを全て、生活魔術科で負担してもらいたい。イベント内容を見てください。決して生活魔術科に不利な勝負では、ないでしょう？　むしろ一部では戦闘魔術科に不利なモノもある」

「確かに……でも、総合得点となると、生徒が多いそちらが有利になりますよね。課題ポイントには、各魔術科単位の大イベントと、生徒単位の小イベントがありますから」

「ふむ、では小イベントは生徒達の平均点でどうですか。何、そちらの生徒達も、よほどのことがなければ規定の課題ポイントはクリアできるでしょう？　……出来の良くない生徒には、発破を掛けるのも、教師の務めですしな」

　オッシは肩を竦めた。

「分かりました。問題ありません。……ですがその賭け、他の魔術科はどうなんですか？」

「それは、私がとやかく言うことではありませんな。余所の魔術科が、同じ賭けをするかどうか、戦闘魔術科が決めていい話ではないでしょう。いかがですかな、皆さん？」

　すると、召喚魔術科の科長サイモンが手を挙げた。

　白髪の目立つ痩せた老木のような魔術師だが、実はオッシとほとんど年齢は変わらないという。

「オッシ先生。もしも、賭けを行わなかった場合は、どうなるのでしょうか？」

「どうにもなりませんな。自分達のことは自分達でしてもらいたい、というカー先生の主張も、それはそれで正論でしょう。後は生活魔術科の厚意と、それぞれの魔術科の交渉次第といったところでしょう。要は勝てば、来年はとても快適な臨海学校になる。負ければこちらの魔術科の負担がとても大きくなる。そういう賭けです」

「……オッシ先生。ずいぶんと自信があるみたいですね」

カーは目を細め、オッシを睨んだ。

ふ、とオッシは軽く鼻を鳴らし、笑った。

「条件が五分と五分なら、負ける気がしませんからな。何せこちらは戦いに掛けてはエキスパート。戦闘魔術科ですから」

カーは、黒板を確かめた。

大きなイベントは、四つある。

1．使い魔遠泳レース
2．各魔術科によるレクリエーション
3．地元職業体験
4．バーベキュー大会

使い魔遠泳レースはその名の通りだ。

臨海学校の舞台となるイスナン島からやや離れた所にある小島まで、使い魔を使役しながら渡ってグルリと回り、イスナン島の砂浜にあるゴールに戻る、長距離のレースである。

基本的には、使い魔は水棲モンスターだが、規定の高度までならば飛行モンスターも許可されている。戦闘魔術科はもちろん、精霊魔術科や召喚魔術科も強いイベントだ。

ただ、使い魔を使役することのないような魔術科でも、海の中にあるダンジョン、通称『海底神殿』でモンスターと契約することは可能だ。

一位が最もポイントが高く、二位、三位と下がっていく。

ただし、もしも一位二位が戦闘魔術科の生徒で、三位が生活魔術科の生徒だった場合、ポイントとしては生活魔術科が二位の数字となる。

各魔術科単位のレースだからだ。


レクリエーションは、希望する魔術科のみ興すイベントである。

幻術科の行う花火大会や、占星術科による天体観測などがある。

課題ポイントは、参加した生徒達による投票制で計算されることになる。

また、各魔術科混合によるお化け屋敷も毎年開かれるが、これはカウントしなくていいだろう。

レクリエーションを興す魔術科は、大体が臨海学校が始まる前から準備を行っている。

戦闘魔術科は毎年、このレクリエーションを自分達では興さず、『海底神殿』の探索で、生徒ごとの課題ポイントを稼いでいる。今年もその可能性が高い。

一方、生活魔術科も現状、特に何も用意はしていない。

普通にイベントに参加して、楽しむ側に回る予定だ。

地元職業体験は各魔術科によって異なるが、そもそも競い合うようなモノではない。

生活魔術科は、魚人達が多く住むウォーメン島で、『鯨の歯磨き』という仕事をすることになっていた。

戦闘魔術科がレクリエーションを興さないのは、毎年この臨海学校の間に、『海底神殿』の最下層に到達することを目標にしているからだ。

海の中のダンジョン探索というのも、ある意味地元の職業体験といえなくもない。

強引な解釈ではあるが、海のモンスターを狩る、というのは漁業を営む人々にとっては、必要な仕事だからだ。

海中という環境下での戦いは、生徒達の基礎能力や魔術を大きく高め、また最も過酷であることから、課題ポイントは高い……が、カーとしてはそこは納得する。

頑張った分、ポイントが高いのは当然だからだ。


そしてバーベキュー大会。

イスナン島は臨海学校の舞台だが、地元民も存在する。

通常のバーベキューと同時に、各魔術科は出店を開き、その売り上げが課題ポイントとなる。

何しろテーマは『食』。

おそらく生活魔術科が最も有利と思われるイベントだ。

カーは考える。

使い魔遠泳レースでは戦闘魔術科が有利。

純粋に競う勝負なら、生活魔術科より戦闘魔術科の方が向いているのは当然だ。

けれど、生活魔術科には使い魔に掛けては、リオン・スタ—フという心強い子が一人いる。

レクリエーションは、例年通りならお互い、課題ポイントで競うことはないだろう。

生活魔術科は何の準備もしていないし、戦闘魔術科はおそらくダンジョン探索に集中していると思う。

地元職業体験は、去年までは唯一、生活魔術科がまともに参加できたイベントといってもいい。

ただ、その仕事の課題ポイントは決して高いとはいえず、戦闘魔術科がダンジョン最下層に到達できた場合は、そのポイントにそれなりの隔たりができる。

しかし、バーベキュー大会は、生活魔術科がその劣勢を逆転できるチャンスでもある。

料理の味なら、どの魔術科にも負けない自信が、カーにはあった。

不利が二、お互いにノーカウントが一、圧倒的有利が一。

順当に考えれば、こんなところだろう。

「分かりました。やりましょう」

カーが差しだした手を、オッシは不敵な笑みを浮かべながら握り返した。

「では、お互い、頑張りましょう。よい勝負を期待していますぞ」

「それでは、話は以上ですな」

最後は、議長が締めた。

結果、臨海学校に赴く前の必要資材の調達や管理、また臨海学校の舞台となるイスナン島で行われるイベントの設営、宿舎の寝具の準備などは、各魔術科がそれぞれで行うことが決定した。

カーはホッとしたが、そもそもこれらの作業は本来、それぞれの魔術科が自分達で行うのが当然であることを思い出し、複雑な気分になるのだった。

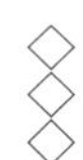

職員会議が終わり、椅子に座ったまま両腕を大きく上げて伸びをする者、書類を読み直す者など、部屋には弛緩した空気が流れた。

生活魔術科のカティ・カーは、足早に会議室を出ていった。

議長が、書類をファイルにまとめているオッシに近付いてきた。その後ろにも何人かの教師が続いていた。

「よろしかったのですかね、オッシ先生」

「む、何がですかな」

「生活魔術科とあのような賭けをしてしまったことですよ。それに、また、敵に回すような形になってしまったようですが。ほら、前の騒動のこともありますし」

前の騒動、というのは、生活魔術科がこれまで行っていた業務をボイコットしてしまった事件を指す。

ただ、その時と今回では、事情が異なる。

「ふぅむ、それは少々認識が違いますな。我々は別に、生活魔術科を敵に回してなどいません。むしろ、彼女達の不満を解消すべく、その訴えを聞いたのではないですか」

オッシの言葉に、議長達は顔を見合わせた。

「あ……」「言われてみれば……」「確かに……」

「カー先生が怒ったのは、自分達が蔑ろにされたと思ったからです。その点に関しては、我々も反省すべきでしょう。実際、これまで聞き流していたのですから」

そして、過去の臨海学校で生活魔術科が行ってきた業務を、カティ・カーにリストアップしてもらった結果、さすがにこれはスルーする訳にはいかないという結論に達したのだった。

いや本音をいえば、この中にいる誰一人としてやりたくなかったのだが、これ以上カーの言い分を放置しておくと、それこそ再びボイコットされてもおかしくはなかった。

今でこそ、生活魔術科は他の魔術科と連携した業務を再開し、他の魔術科も以前と同じ活動に戻ることができていた。

けれど、生活魔術科を怒らせてはならない、決して蔑ろにしてはならないという認識は、それぞれの魔術科の間で共通のモノとなっていた。

なので、出発の準備や臨海学校内でのそれぞれの作業は、各魔術科で行うことになったのだった。

「何より、自分達のことぐらい自分達でするべき、というカー先生の言葉は耳が痛い。完全に正論ですからな。ははは」

「しかし、面倒ではありますぞ。生徒達からも不満の声が出るでしょう」

議長は唸るが、オッシは肩を竦めるしかなかった。

「それはそうかもしれませんがね、『自分の出したゴミは自分で片付けろ』と言われて反発する方が愚かでしょう。自分のことは自分でする。そうした当たり前のことを学び直すのも、必要ではないですかな」

「それはそうですが、オッシ先生、何だかずいぶんと変わられましたな。物分かりがよくなったというか……」

「ふぅむ、そうでしょうか。物分かりがよいなら、カー先生と賭けなどしませんぞ？」

「それは、そうですが……あれは、どうしてですか？」

「どうしても何も。カー先生の言っていることは正しい。ですが、せっかくの臨海学校です。私としては、余計な雑事は可能な限りできる人達に託し、課題に取り組みたいと思ったからです」

オッシとしては、物分かりがよくなったつもりはない。

ただ、生活魔術科と敵対すると予想以上に痛い目に遭う、ということを学習したに過ぎない。

もちろん互いの言い分で対立することもあるだろうが、過小評価していい相手ではない。

格下と思ってみていたら、痛い目に遭うのだ。

もっとも対等の相手としてみても、オッシには勝算があった。

だからこその、あの賭けなのだ。

使い魔を用いた遠泳レースに関しては、戦闘魔術科が有利だ。生活魔術科が、海を渡るのに向いている使い魔を持っているという情報はない。

各魔術科が行うレクリエーション企画は、つい今し方、参加できるだけの時間を得られたばかりなのだ。仮に何か催すとしても、大した企画を行えるとも思えない。

地元の職業体験では、生活魔術科は『鯨の歯磨き』を行うのだという。例年のことなので、生活魔術科の得る課題ポイントは分かっている。

戦闘魔術科の毎年の臨海学校での目標、海底ダンジョンの最下層到達で得られる課題ポイントは大きく、『鯨の歯磨き』とやらの数字は軽く上回ることが可能だ。

最後に、生活魔術科が主役となれそうなバーベキュー大会が行われるが、これについてはオッシには秘策があった。

生徒達の個人的な課題ポイントで、大きな差がつくということもない。戦闘魔術科は人数が多く、さすがに補習を受けそうな生徒の心当たりも何人かあるが、それはちゃんと目をつけ、必要な課題ポイントを得られるようにすればいい。

有利なイベントが二、バーベキュー大会にだけは気を付ければいい。

それが、オッシの下した常識的な結論だった。

臨海学校の舞台となるイスナン島は、王都の南東にある港町から、さらに船で四半刻(三十分)ほどの距離にある。島全体がノースフィア魔術学院の所有物であるが、臨海学校と海洋研究、職員の慰安以外で利用することはほとんどなく、普段は管理組合によって管理され、島民も普通に住んでいる。周辺の海棲モンスターのレベルも大したことはなく、魔術学院からの管理委託費と海産物が主な収入源となっている。

そして夏のこの時期になると、臨海学校で島は大いに盛り上がるのだ……例年通りなら。

しかし今年は違う。

島の中心にある山には飛行モンスターが旋回し、魔術学院の施設である白い城は半壊。

城下町といわれる土産物屋や宿泊施設も人気(ひとけ)はなく、瓦礫(がれき)の散らばった舗装路を鳥竜種のモンスター達が横切っていく。

海に面した桟橋も崩れ、いくつもの船が沈んでいた。

そんな港の砕けた石畳に手をつき、ケニー・ド・ラックは呟(つぶや)いた。

「『路面よ直れ』」

パタパタパタパタリと破片となっていた石が立ち上がり、パズルのピースのようにはめ込まれていく。

それに気付いた、鳥竜種が数頭、奇声を上げてケニーに襲い掛かってきた。

けれど、そのクチバシも爪も届かない。

その前に、黒いヒトガタが立ちふさがっていた。その数三体。

「踏ん張って『影人(シャドウ)』！」

リオン・スターフの声に応えるように、『影人(シャドウ)』達はモンスターの足を止めてみせた。

けれど、モンスターの数は五体。残り二体が、『影人(シャドウ)』の頭上を跳び超えていく。

「ぴぃっ！」

そのうちの一体が、ピンク色の塊によって撃墜された。

「フラムちゃん、ありがと！」

「ぴ！」

たたらを踏むモンスターの前に立ちはだかったのは、火龍ボルカノの娘フラムであった。

残り一体のモンスターは行く手を阻まれた仲間達に構わず、ケニーに向かって牙の生えそろった大きな口を開いた。

ケニーとモンスターの間に割って入ったのは、着物姿の幼い狐獣人(きつね)であった。

「頑張ったわね、リオン、フラム。そしてトドメよ、『空間遮断(ギロチン)』」

ソーコ・イナバの不可視の空間の断裂が、一瞬にしてモンスターを切り刻む。

「これはまた、すごいな」

「リオンの言ってた通りね。酷いことになってるわ」

島の様子を確かめようと、ケニーはソーコと共に、市街地の方へ向かおうとする。

その後ろで、リオンがアタフタとしていた。

「あ、危ないよ二人とも。どこからモンスターが出てくるか、分からないんだし、もうちょっと気を付けないと」

　生活魔術科はここまで、本土の漁港で借りた何隻かの漁船で来た。

　他の生活魔術師達は船の中で待機していて、冒険者の資格を持っているケニー達が島の様子を確かめに先行し、上陸しているのだ。

　だからといって、あまり先へ先へと行ってしまうと、まだ船にいるカー先生も心配するだろう。

「そういうのはリオンの担当。任せた」

「いや、そんなの任されても……」

　くぃ、とリオンのローブが下に引っ張られ、振り返るとフラムが裾を摘まんでいた。

「ぴぃー」

「ありがとう、フラムちゃん。手伝ってくれるんだね」

「ぴぃう！」

　そうして三人と一匹は、港沿いを進む。

「これって多分、台風のせいよね」

　ソーコは、荒れた建物を見渡した。

「半分はな。台風がモンスターを運んでくるなんて、聞いたことがないぞ」

　壊れた扉や窓から飛び出してくる二足歩行の鳥竜種を、ケニーは『七つ言葉（セブン・ワード）』で退けていく。

「言われてみれば、そうね。どこから沸いてきたのかしら」

「ダンジョンだと、ダンジョンの核がモンスターを生み出すっていうこともあるけど、地上だもんねえ……」

うーん、とリオンが唸った。

ケニーは、今は凪いでいる海を見た。

「ここで発生したんじゃないとすれば、どこかから流れてきたってことになるが……そうなると、どこからだよって話になるんだよな。まあ、俺達が考えることでもないんだろうけど」

「一応、カー先生には言った方がいいと思うよ」

リオンの提案に、ソーコは頷いた。

「そうね。オッシ先生辺りは興味を持って、調べるかもしれないわ。生徒を使って」

「……待って。ソーコちゃん最後、微妙に悪意が入ってない？」

「そう？　でも、オッシ先生自身はなんか、自分でやるより調査の指示をするってイメージなんだけど」

特に他意はないようだった。

「……う、うーん、言ってることはもっともだよね。わたしが悪く取っちゃったのかな」

「とにかくこの島のモンスターをある程度駆除しないと、まともに機能しそうにないな」

「ぴぃ！」

同意するようにフラムも鳴いた。

港には、生活魔術科の漁船以外にも、いくつもの船が泊められていた。

全て、臨海学校に参加する、ノースフィア魔術学院の各魔術科の船だ。

ただ、状況が状況だ。

甲板から島の様子を窺う生徒達は何人も見受けられるが、下りてくる様子はほとんどない。

「人の気配もほとんどないわね」

モンスターが徘徊しているので、当たり前だが漁港で働く人の姿もなく閑散としていた。

それについてケニーが口を開こうとした時、向かう先で怒鳴り声が響いた。

「一体、どういうことなんだ！」

停泊している大きな船は、戦闘魔術科のモノだ。

漁船を借りた生活魔術科とは違い、自分達の予算で購入したと確か、ケニーはどこかで聞いた覚えがあった。揉めているのは、戦闘魔術科の科長であるゴリアス・オッシと、島の管理スタッフらしき制服を着た、中年の男性だ。

「で、ですから、おそらく連絡の行き違いです……この島には通信用の水晶もなくて……こちらに向かう皆様、臨海学校の一団と、王都への通信にズレがあったとしか……」

「これでは、生徒達の安全が保証できないわね。モンスターへの対処はどうなっているの？」

錬金術科の教師が、スタッフに尋ねる。

「近いうちに海軍が派遣され、港町の方からは冒険者がやってくるということです。ただ、どちらが先かは分かりませんが、それまでは状況が改善されることはないかと……」

オッシの後ろで、教師達が顔を見合わせていた。

「……どうする？」

「どうすると言われましても。こんな所で臨海学校を開くというのも……」

「では、中止ですか？」

「このまま、帰還……」

そんな不穏な言葉も聞こえてきていた。

「ラック君、イナバさん、スターフさん！」

大きな声に振り返ると、そこにはカティ・カーがいた。走ってきたのか、やや息が上がっている。

「あれ、先生出てきちゃったんですか？」

「はい。っていうか私が止める前に三人とも、先に出ちゃったんじゃないですか！」

「ぴい！」

「ごめんなさい、フラムちゃんもですね」

「わたしは、止めようとしたんですけど……」

リオンは遠慮がちに手を挙げたが、

「誰かが、外の様子を確かめる必要がありましたからね。人に言うより自分で行った方が早かったですから」

「確かに、ウチの魔術科の中では、ラック君達が一番戦闘向きかもしれません。だから、最終的にラック君達に行ってもらっていたかもしれません」

「だったら」

「責任者として、私もついていくに決まってるじゃないですか。どうして、そこで私が抜かれるんですか」

不満げに言うカーに、ケニーは自分の額を叩いた。

「こりゃ、すみません。確かにうっかりしてました」

「まあ、モンスターは皆さんが倒してくれていたから、ここまで襲われずに済みました。ええと、それでこれからどうするか、他の魔術科の先生達と話し合いたいんですけど……」

「ああ、カー先生。そのことなんですけど……」

カーの存在に気付いた、先生の一人が声を掛ける。

ここは、カーに任せて大丈夫だろう。

そう判断し、ケニーは自分達の乗ってきた漁船に戻ることにした。

「先生、じゃあ俺達は荷物をまとめて宿舎に向かいますんで」

「そういえば宿舎って無事なのかしら」

「ちょ、ちょっとラック君、イナバさん⁉」

「はい」

慌てた様子のカーに呼び止められ、ケニーは素直に足を止めた。

「えっと……宿舎なんだけど、例年通り、中央のお城の敷地内にあるの」

「あれっすね」

カーの視線が、漁業市場越しにも見える、高く白い『城』に向けられた。

その『城』を、透明な膜のようなモノが覆っていた。そして、その膜の中を小さな何か——おそらくモンスターの類だろう――が何体も、遊泳するように移動していた。

「ええ、見ての通り、何らかの結界らしきモノが張られているみたいだし、水の精霊も荒ぶっているみたい。だから、宿舎に入るのはちょっと難しいと思うの」

「そうみたいですね。じゃあ、この辺りの適当な宿を使わせてもらいません？」

「いいのかしら」

ソーコが、首を傾げる。

「今は宿の従業員もいないだろうし、非常事態だ。宿の主と揉めたら、その時対応したらいいと思う。どうっすかね、先生？」

「いや、あの、まずそもそも臨海学校を中止するかどうかで、今、先生達で話し合ってたんじゃ……」

ですよね、とカーが尋ねると、オッシの周りに集まっていた教師達が、何人も頷いていた。

「何言ってるんですか、カー先生」

ケニーには、まるで理解できなかった。

「たかがモンスターに島を占拠された程度で、臨海学校中止はないでしょう？」

ごく当たり前のことを言ったはずなのに、何故か教師達の顔が引きつっていた。

「た、たかがって……」

教師の一人が声を震わせる。何にせよ、話し合いは教師達の仕事であって、ケニーが出しゃばることではない。モンスターはいるようだが、それらは倒せばいいだけの話だ。

「カー先生。まあ、中止になるならしょうがないですけど、それまでは予定通りにやりましょうよ。さ、みんな行こうか」

「どうせならいい宿を選びたいわね。誰かガイドブック持ってなかった？」

「確かカレットちゃんが持ってたよ。オススメポイントにチェック入れてた。……でも、この島の惨状で、参考になるかなあ」

「俺とフラムが先頭。ソーコは荷物持ってるから真ん中。リオンは殿を頼めるか」

「あ、う、うん……いいのかなあ」

「それじゃ先生、よろしくお願いします」

テキパキと指示を終え、ケニーはカーに頭を下げた。

「う、うーん、分かりました」

◇◇◇

ケニー達、三人の教え子が足早に戻っていくのを見届け、カーは他の教師達に視線を戻した。

「という訳で、生活魔術科は臨海学校を開く方向で進めたいと思います。少なくとも生徒達はやる気です」

「……いいでしょう。戦闘魔術科も賛成ですな」

意外なことに、真っ先に賛意を表したのはゴリアス・オッシだった。

その反応に、周囲の教師達が慌て始める。

「ちょ、オ、オッシ先生？」

「何、生活魔術科のラック君も言っていた通り、状況はたかだかモンスターの襲来と、台風による建物の破損です。戦闘魔術科の実地研修としては、悪くありませんよ。ただ、もちろん怪我人が出る危険性もありますし、希望する生徒はここで帰ってもらう方がよろしいでしょう。ウチの科に、そんな軟弱な生徒はまずいないでしょうがね」

ケニー達の背を睨みながら不敵に笑う、オッシ。

そして甲板の上で聞いていたらしい戦闘魔術科の生徒達も、オッシの頭上から声を張り上げていた。

「当然」「生活魔術師達に負けるなんてあり得ないだろ」「腕試しにはうってつけじゃないですか」

オッシは彼らを見上げ、指を鳴らした。

「よろしい。ならば全員ただちに動きたまえ。私はあの『城』のモンスターを駆除しよう。君達のすべきことは寝床と食糧の確保と、城下町のモンスターの駆除だ。何か問題があれば、すぐに連絡するように。――――散開！」

「はい‼」

甲板から生徒達の姿が消え、慌ただしい足音が響き始める。

他の教師達も戸惑いながら、オッシに追随した。

「では先生方は基本、『城』のモンスターの駆除に集中しましょう。生徒達はまず、宿泊場所の確保とその周辺のモンスターへの対処。それでよろしいですかな？」

オッシが中心となり、他の魔術科へ指示を送る。

「こういうことなら、戦闘魔術師であるオッシ先生が適任かと思いますので、お任せします」

「そうですな。指示をお願いできますか？」

「分かりました」

臨海学校に参加する学院関係者の中でも、戦闘魔術科の科長であるゴリアス・オッシは戦力としてトップクラスに位置する。故に、最もモンスターの集まっていると思しき場所である、このイスナン島の中枢部分に向かうことになった。

「生活魔術科は、どうしますか？　もっとも、既に独自に動き出しているようですが……」

若干の皮肉を混ぜながら問うと、カティ・カーは頷いた。

「ええ、なのでここで決まったことを、生徒達に知らせるだけになると思います。それと、危険なことをしている生徒がいた場合、こちらにお知らせすることになると思いますけど、連絡係とかは……」

「心霊魔術科と神聖魔術科の先生方にお任せしようと思っています。どちらも怪我の手当てができますし、中央にある噴水広場を拠点にするべきではないかと」

「分かりました」

漁船に戻ったケニー達は、残っていた生活魔術科の生徒達と相談を始めた。

「なあ、カレット。生活魔術科で普通に戦えそうなのといえば、俺、ソーコ、リオンの他にどれだけいるかな」

カレット・ハンド。

王都でも有数の商会、ハンド商会の一人娘であり、生活魔術科の中心人物の一人だ。

「うーん、元戦闘魔術科の十数人は普通に大丈夫だよね。あとはマルティン君、ユエニちゃん、ハッシュ君辺りかな」

「じゃあ、その面子で宿屋とか周りのモンスターを倒してもらうか。戦ってみた感じ、ここのレベルの相手なら、まあ何とかなるだろ。カレットは掃除や建物の修復の指示、荷物の管理を頼む」

「りょーかい。で、ケニー君達はどこ行くの？」

「あそこよ」

ソーコが、透明な膜に覆われた『城』を指差した。

「あー……何かえらいことになってるよねえ。ケニー君とソーコちゃんは殺しても死にそうにないけど、リオンちゃんはちゃんと守ってあげてよ？」

「アイツはアイツで、ある意味俺達より強いんだけどな……っていうか今、サラッとすごく失礼なこと言われなかったか？」

「本当のことしか、言ってないけど？」

カレットに言われてしまい、ケニーは髪を掻き上げた。

「……まあ、いいや。とにかくあそこをどうにかしないと、本当の意味での臨海学校は始められないからな。先生が戻ったら、俺達は『城』に行ったって伝えといてくれ」

「ん、それもりょーかい。んじゃ、ちゃっちゃとこっちも片付けますか。はーい、みんなミーティング始めるよー。ケニー君とソーコちゃんとリオンちゃんは別行動で、他はわたしんトコに集まってー！」

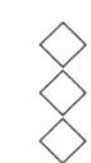

オッシは精霊魔術科、変化魔術科、召喚魔術科の教師達と共に、市街地に入っていた。

人の気配を怖れる様子もなく、シェルスライム、バードラグン、ソニッククロウといったモンスターが、あちこちから姿を現した。

「ふむ……まあ、島に棲息するモンスターとしてはオーソドックスだな」

現れたといってもせいぜい数体。オッシは指先に火の塊を生み出すと、炎弾を放った。炎弾を食らったモンスター達は、容易く吹き飛ばされていく。

本来なら素材を剥ぎ取ったりするのだが、オッシはこれを無視して先を急ぐ。

何度か交戦を繰り返すが、オッシの敵となり得るモンスターはいなかった。

「オ、オッシ先生、そんなズンズン進んで大丈夫なんですか」

後ろから精霊魔術科の科長エルが声を掛けてくるが、オッシは振り返らなかった。いくら弱いといってもモンスターがいる中で、余所見をするほどオッシも迂闊ではない。

「ははは、問題ありません。この程度の敵ならば、ブドウ狩りと大差ない。皆さんは、ほとんど研究ばかりでしょうから不安かもしれませんが、何、人間そう簡単には死にはしませんよ。ご安心ください」

「な、何一つ、安心できる要素がないのですが……」

「重要なのは平常心です。普段通り、私が事前に言った通りに魔術を使っていただければ結構です」

「オッシ先生、また来ましたぞ‼」

召喚魔術科の科長サイモンが声を上げる。

建物の陰からシーサーペントやアリゲーター、空からも翼竜が現れた。

その数ザッと数十体。

「ほう……これはなかなか」

ベテランの冒険者パーティーでも苦戦する数だろう敵勢に、しかしオッシは不敵に笑ってみせた。

「――身体強化」

指を鳴らすと、オッシの全身を稲妻じみた青白い光が駆け巡る。

その場で、一気に数十メルトの高さを跳躍した。

両手で印を組み、術を発動する。

オッシの周囲に五つの光の球が生じた。

「大雷華・五連弾」

オッシが手を振るうと一つはその場で、残り四つが地面へと放たれ、黄色を主に赤や青、様々な彩りの小光弾が拡散される。

その様は、大輪の花火のよう。しかし術は、派手なだけではない。

小光弾は全てのモンスター達を確実に捉え、屠っていった。

もちろん地上にいる、他の科長達に当たらないよう、気遣う余裕もあった。

そのままオッシは自由落下で地面に戻り、危なげなく着地を終えた。身体強化の賜だ。

「おお、相変わらず華麗な」

「さすが、雷撃と火炎魔術のエキスパートだけのことはありますな。いやまったく、こういう時、オッシ先生は実に頼りになります」

「はっはっは、おだてても何も出ませんよ。さあ、『城』までは一気に行きますから皆さん、しっかり付いてきてください！」

調子に乗りながら、オッシは早足で先を進む。普通なら、慢心で足を掬われたりするモノだが、オッシの放つ魔術は現れるモンスターをことごとく倒していた。

「これはすごい」

「我々の支援など、必要ないのではないでしょうか」

「……しかし、残念ですな。せっかくの素材が、手に入れられないのは……」

倒したモンスターの死体は、牙や爪、皮に肉など、剥ぎ取れば高く売れる。

けれど今回は非常時ということもあり、そのまま放置で進んでいるのだ。

「そこまで望むのは、贅沢というモノですよ。とにかく今は、この島を占拠しているモンスターの駆除が最優先でしょう。ですが……この先は少々、マズいかもしれません」

精霊魔術科の科長エルの呟きに、変化魔術科の科長バルトルトが疑問を抱いた。

「というと?」

エルが、『城』を覆う透明な膜を指差した。

遠目には分かりづらかったが、この膜は水そのモノだ。そしてその中では、サメやタコといった海棲モンスターが泳ぎ回っていた。

「見ての通り、『城』は水の結界に覆われています。おそらく、『城』の中に棲む、力のあるモンスターが造ったモノでしょう。強い魔力を持つモンスターには時折、こういう形で縄張りを主張するモノもいると、何かの本で読んだことがあります」

バルトルトは、ハッと息を呑んだ。

エルの言いたいことを理解したようだ。

「そして、オッシ先生が得意とするのは雷撃と火炎……水中では雷は散り、火は力を発揮できません」

「ああ、なるほど確かに私の魔術はそういう認識ですな」

先頭を歩いていたオッシが振り返った。しかしその顔には焦りはなく、むしろ勝ち誇ったような笑みがあった。

「オッシ先生？」

「何、問題はありませんよ。雷撃はともかく、火炎に関しましては――」

オッシは水の結界に手を突っ込み、そのまま指を鳴らした。

その手の平に火球が生じ、こちらへと迫ってきたサメに直撃した。

「――たかが水程度で、私の火を消せると思ったら、大まちがいですからな」

水に満たされた『城』に入って、十分後。

（チッ……!!）

オッシは内心舌打ちした。

指を鳴らし、火炎弾で迫り来るクラゲ型のモンスター達を撃ち抜いていく。

（倒せなくはないが、さすがに威力は落ちるか……）

他の科長達の前では大見得を切ったが、さすがに水中では火の魔術の威力は落ちる。当たり前の話であった。

ただ、水中で火の魔術を使えること自体は、実際相当高い技量と魔力がなければ不可能であり、そういう意味ではオッシは非凡であった。

呼吸自体は、何ら問題ない。

この『城』に入る前、変化魔術科の科長バルトルトが、オッシ達の首筋にエラを作ったからだ。

これにより、オッシは魚と同じように水中でも呼吸ができるようになっている。また、手の指と指の間にも水かきが張られていて、わずかながら水中での機動を助けている。

現在、オッシは他の科長達とは別行動を取っていた。

オッシと他三人の間で戦力に差があったため、分散した方が効率的なのだ。砕いた言い方をすれば、オッシが他三人を守りながら戦うより、分かれて戦った方がいい。

もっと大きな理由としては、大見得を切った手前、他の科長達に疲れた顔を見せたくなかったのだった。

「それにこのモンスターの数……休む暇もない」

肉食の小魚の群れを、炎の嵐で一掃し終えると、床に足を付け壁にもたれ掛かった。

すると、水流が乱れた。

これは、近くに別の生物がいるということを意味するので、オッシは即座に警戒した。

しかし予想に反して、現れたのは別行動を取っていたはずの精霊魔術科の科長エルだった。

「オ、オッシ先生！」

慌てた様子で、彼女はオッシに近付いてくる。声は、首に掛けられたネックレスによる念話だ。

実際に声を発する必要はないが、通信できる距離は五メルトという制限がある。

「何か、問題が生じましたか、エル先生？」

「サイモン先生が、いえ、先生の召喚した使い魔――水馬(ケルピー)が大変なんです！　急に狂ったように暴れ出して、私を襲ってきたんですけど、バルトルト先生が助けてくれて、でもその代わりに……」

「状況は把握しました。案内してください」

「はい！」

『城』の中庭では、水流が大きくうねっていた。

そして、立体的な機動で水馬(ケルピー)とイルカが交差するようにぶつかり合っては、距離を取るのを繰り返していた。

知性のある瞳を持つイルカは、変化魔術科の科長バルトルトだろう。

さらに牙を生やした小魚の群れが、隙を見てはバルトルトに突撃する。

オッシが視線を巡らせると、召喚魔術科の科長サイモンは、『城』の壁にもたれ掛かるようにして、気を失っていた。水流の激しさから他のモンスターも近付けないようなので、サイモン先生は放置しておいてもよさそうだと、オッシは判断した。

「バルトルト先生はまだ、無事のようですな」

「は、はい」

「……とはいえ、相手は水馬（ケルピー）。精霊の類では、物理攻撃が効きづらい。それは、エル先生の方が専門でしたな」

「そ、その通りです……ただ、私はあまり戦いに向いた精霊を使役してませんから……」

「何、呼吸させてもらえているだけで、充分です。エル先生は、サイモン先生を起こすか、難しいようなら彼と一緒に姿を隠していてください」

「は、はい！」

　エルに指示を送り、オッシは水馬（ケルピー）とバルトルトの間に割って入った。

「オッシ先生！」

「バルトルト先生、まだ安心は早い。戦いの最中ですぞ」

「左様でしたな！」

　突進してきた水馬（ケルピー）に、オッシは火炎弾を放った。

　水馬（ケルピー）は慌ててそれを避け、オッシから距離を取った。

「……サイモン先生の使い魔が暴れている理由はまだ分かりませんが、少なくとも先生本人が我々を罠（わな）に掛けるような理由はありません。……ああ、先日、先生のクッキーを私がうっかり食べてしまったので、それが原因かもしれませんな」

「食い物の恨みは怖いですな。……オッシ先生、冗談はさておき」

「ええ。まずは無力化の必要がありますな」

「それもありますが、小魚の群れがなかなか鬱陶(うっとう)しい……どうにかなりませんか？」

「ふむ、そういうことならばバルトルト先生、多少の痺(しび)れは堪えてくださいよ」

オッシの右手に、黄色い火花が走った。

「え、まさか」

バルトルトは、オッシが何をするか察したようだ。

「その、まさかです。ご心配なく、水馬(ケルピー)の方もちゃんと対処いたしましょう」

「頼みます」

バルトルトはオッシから距離を置き、水の流れに身を委ねた。

小魚の群れと同じ流れに乗り、最初は追われていたバルトルトだったが、大きく速度を上げて、追われる側から追う側へと逆転する。

「お主達の相手はこの私だ！　オッシ先生には手出しさせんぞ！」

「さあ、こちらも遊ばせてもらおうか」
もっとも、やるべきことは単純であり、下手な小細工も必要ない。
ここで求められるのは、一撃で全てを仕留められるだけの、大火力。
だが、大きな魔術には長い詠唱が必要であり、ここは水中である以上、詠唱は不可能だ。

なので、オッシは両手で印を組んだ。

水馬（ケルピー）が突進してくるが、オッシは軽く上昇し、これを回避する。

水中だからできる立体的な機動であった。

手の中で組まれる印は何度も形を変え、そしてオッシの雷撃魔術が完成する。

オッシは、ネックレスの念話可能範囲から離れているバルトルトに目配せした。

心得た、とバルトルトが距離を取り、追われていた小魚の群れが旋回して、バルトルトの背を追おうとする。

そして一度は回避した水馬（ケルピー）も、再びオッシに向かって突進してきた。

（だが、遅い）

オッシを中心に、雷光が迸（ほとばし）る。

バルトルトは素早く中庭の隅まで避難していたが、小魚の群れとオッシに突進していた水馬（ケルピー）は範囲内にあり、雷撃の直撃を受けていた。

雷光が収まると、水馬（ケルピー）は水の泡と消え、感電した小魚達も絶命し、水の中を漂うのだった。

大きく息を吐き出すと、隠れていたエルが近付いてきた。……なお、水中なので息を吐き出すというのはあくまで、気分的なモノである。

「オッシ先生、ご無事でしたか？」

「ああ、エル先生。もう安全ですよ。あくまでしばらくは、ですが」

「オッシ先生、さっきの魔術は……？」

エルと共に近付いてきたバルトルトが尋ねてくる。

「指で組む印に意味を持たせています。エル先生やバルトルト先生なら、ご存じでしょう。大規模な魔術を行使する際には、手の形も重要になりますからな。それをより簡略化させたのが、この『ハンドサイン』です。相手を沈黙させる呪文への、カウンターにもなります。ちなみに、バルトルト先生と水馬(ケルピー)の間に割り込んだ際、使用したのは片手で行う『ダブルサイン』ですな。威力は通常の半分ですが、手数は二倍になるので、多数相手の時、有利になります」

「なるほど……さすがは、戦闘魔術科の科長だけのことはありますな」

バルトルトは感心したように、頷いた。

「エル先生、バルトルト先生を連れて外に出てください。相当疲労しております」

「ですが、オッシ先生は」

「私はこの程度でへばるほど、柔な鍛え方はしておりませんよ。おっと、申し訳ない。バルトルト先生を侮辱する意図はありません。実際、水の中で水馬(ケルピー)の相手など、私でもしたくはありませんよ」

「そういうことならば、お言葉に甘えさせていただきましょう。これ以上付いていっても、足手まといにしか、なりそうにありませんからな」

「分かりました。オッシ先生、どうかご武運を祈ります」

「うむ、二人もお気を付けて」

オッシは二人を見送った。

そして、二人の姿が見えなくなったところで顔を顰め、ため息をついた。

「想定外の消耗だぞ……まったく」

そうして、体力回復に努めるべくオッシは気絶した。

時間は少し前後して、ゴリアス・オッシ達教師陣が『城』に到着するより、少し前。

ケニー・ド・ラックら生活魔術師一行は、『城』を包む水の結界の前にいた。

ケニーは興味深く、左右に移動しながら結界を覗き込んだ。

「これはまた、面白いな。見た目は巨大なスライムみたいだ」

「水の精霊が使役されているんだね。周囲が海だからこそできる結界、かな」

リオンは、自分達が来た道を振り返った。

『城』は他の建物よりやや高い位置にあり、入り口前からは城下町と海を一望できる。その向こうには本土もうっすらと見えていた。

「ぴぃ！」

「ちょっとフラム、迂闊に近付いたら危ないわよ。襲われるかもしれないんだから」

フラムも興味を持ったのか、結界に近付こうとするのを、ソーコが後ろから抱えて制止していた。

「ソーコちゃん、フラムちゃんお願いね。わたしの方で調べてみるよ」

スッとリオンの右肩から、半透明をした黄金色の腕が出現した。

ソーコは目を瞬かせた。

「え、何それ？」

「『猫の手』っていう魔術でね、魔術で擬似的な腕を作ってるんだよ」

さながら、右腕が二本に増えたかのようだ。

その『猫の手』が、結界の中に潜り込む。

「第三の腕ってところか。便利そうだな」

「うん、お湯の温度を確認したりできるし、この結界に触ってもダメージないしね。壁も突き抜けられるから、鍵を忘れた時にちょっと便利かも」

「……それ、使い手次第で悪事し放題だな」

「あはは、だから登録するかどうかは、先生に相談しないと。あと、当たり前だけど、魔力は消費しちゃうよ？　ちょっとだけだけどね」

「それはしょうがないでしょ。それでこの結界は、どうなの？」

リオンは結界に潜らせた『猫の手』で、軽く掻き混ぜた。

「んー、結界と精霊自体に害意はないよ、これ。ただ、この形を維持してるだけだから……まあ、わたし達は人間だから、それだけで充分厄介なんだけどね」

つまり、ここから先は水の中ということだ。

ケニー達が人間である以上、水の中では呼吸ができない。動きだって鈍る。いわゆる、この地上とは勝手が違うのは、明らかだった。

「そうね。はいはい、フラムこれが気に入ったの？」

「ぴぃー！」

ソーコに抱えられたまま、フラムはパシャパシャと結界の表面を短い手で叩いていた。

「擬似的に飛んでるような気分になれそうだからじゃないか？　それよりリオン、これ普通に水なんだよな」

「うん。ただの海水だね。毒とかじゃなくて、本当に普通の海水」

つまり、呼吸の問題さえ解決できれば、このまま入っても問題はないということだ。

なんてことをケニーが考えている横で、ソーコが何やら悩んでいた。

「……ところでこれ、お風呂とかに使えないかしら」

「公衆浴場じゃなくて、個人風呂でってことか？」

「そう。銭湯も嫌いじゃないけど、ウチの実家じゃ家の中にあったのよ」

「うーん、精霊魔術の使い手がいたらできると思うけど、問題は維持し続けることじゃないかな。もしくは精霊魔術じゃない、別の手段で同じような状況を再現するか。多分一番簡単なのは、ソーコちゃんの亜空間を水でいっぱいにするっていう方法じゃない？」

「それなら、結界がどうとかじゃなくて、単純に浴槽さえ作れば解決するな」

「む……うーん、要検討ね」

悩むソーコ。

ケニーは、これ以上、ここで雑談をしているつもりはなかった。

せっかく早めに動いたのに、こんな所でのんびりしていたら、誰かが追いついてくるかもしれない。状況的に一番あり得るのは教師陣だ。

「それより、そろそろ先に進もうか。二人とも、これ使ってくれ」

ケニーはポケットから、包み紙にくるまれた飴玉を取り出した。

それを、ソーコとリオンに手渡した。

「これは？」

ソーコが包み紙から出した飴玉を、太陽にかざした。きれいな水色だ。

「前にのど飴作ったことがあるだろ？」

「ああ、ケニー君は喉が命だもんねえ」

「で、色々効果がつくのを考えた時に、水の中でも活動できる飴ってのを作ったんだよ。名付けて空気玉。何せほら、臨海学校っていえば海だろ？」

口に含めば、空気が生じる飴玉だ。

つまり、口に含んでいる間は、水中にい続けることができる。この飴玉は溶けるのがゆっくりなので、少なくとも一時間は保つ。

「ふーん、なかなかやるわね」

「ぴぃぃ……」

すると、フラムが飴玉に手を伸ばしてきた。

「何だ。フラムも欲しいのか？」

「ぴ！」

短い両手を挙げて、主張する。

「……なあリオン、そもそも、火龍の仔が水の中に入って大丈夫なのか？」

「そこは心配しなくてもいいと思うよ？　フラムちゃんお風呂好きだし。でも、飴はいるかなあ。そのままで大丈夫な気もするけど」

「ぴぅー」

欲しい欲しいと、フラムは飛び跳ねた。

「ま、本人……本龍が希望するんなら、いいけどな。身体に異変を感じたら、すぐにペッてするんだぞ」

「ぴぁ……んぐんぐ」

飴玉を与えるとフラムはようやく大人しくなった。

ケニー達も同じく、飴玉を口に入れる。ソーダ味で、口の中に小さな泡が生じ始めていた。

「ん、なかなかの食感ね。シュワシュワする」

「ただ、服は濡れるし、うっかり鼻で呼吸すると大変なことになるからな。そこは気を付けてくれ」

「了解」

「それと、ここから先、俺はほとんど役に立たないから、ソーコ頼んだぞ」

「え？」

三人と一匹は、水の結界の中に進んでいく。

「ごぼごぼごぼ……」

ケニーは言葉を発してみようと頑張ってみたが、やっぱりどれだけ頑張っても、言葉にはならなかった。

「やっぱ駄目だ、無理」

「なるほどねえ……」

「水の中じゃ、声を出せないもんねぇ」

ソーコとリオンは顔を見合わせ、頷き合った。

ここは結界の中、『城』に入ってすぐの場所にある大広間だ。

正面には幅の広い階段があり、さらに奥や二階へと進むことができるようになっている。左右にもいくつかの扉があり、吹き抜け構造になっていて、二階通路も存在している。通常なら大階段を使うところだろうが、水中になっている今なら、そのまま泳いで進むことも可能だろう。

「ぴぃ！」

水中という環境にもかかわらず、これまで以上に生き生きとした動きを見せているのはフラムだ。

泳ぐというより擬似的に飛んでいるかのような滑らかな動きで、水中を動き回っている。

「とりあえずケニーの世話はフラムに任せるとして……ここは、私が踏ん張るしかなさそうね」

結界に入って十数分、既に『城』の中に入っているが、ここまでに数度の戦闘があった。

ソーコの『空間遮断(ギロチン)』は地上と変わらず、モンスターを一瞬で切断できていた。

「あ、ちょっと待ってソーコちゃん」

リオンは、先に進もうとするソーコを手で制した。

「うん、何？　ああ、新しい使い魔を作るのね。でも、こんな環境で大丈夫？」

首を傾げるソーコに、リオンは頷いた。

「何とかしてみるよ。ちょっとだけ時間、いい？」

リオンは、ソーコが仕留めたモンスターから剥ぎ取った素材の一部を手に入れていた。鋭く尖(とが)った、サメの銀色の鱗(うろこ)だ。

「どれぐらい掛かるかにも、よるんじゃない？」

「んー……簡易術式だから、そんなに強い子にはできないかな。でも、泳ぐよりは速く……」

今は非常事態だが、元々臨海学校、海の中で素材を手に入れ、新たな使い魔と契約することは考えていたリオンである。

それなりの用意は済ませてあった。

手の平に魔法陣の縫い込まれた手袋を嵌(は)め、ナイフで自分の名前を鱗に刻んでいく。

鱗に魔力を流し込み、契約は完了した。

「できた！　『速鮫（マリーナ）』‼」

鱗を触媒にして出現したのは、何とか、リオン一人を乗せられるぐらいの大きさをもつ、細身のサメだ。

「ぴ！　ぴぁー！」

優雅に泳ぐサメに、フラムが高い声で鳴いた。

「ど、どうしたフラム？　何でそんな興奮してるんだよ！」

「新しい友達だと思ったんじゃない？　あながち間違ってないかもしれないけど」

「仲良くなれるといいねえ。あとこれでみんな、移動が楽になるよー」

リオンは『速鮫（マリーナ）』のヒレを持った。

乗るなら一人だけだが、どこかに掴（つか）まって引っ張ってもらうなら三人全員でもいけそうだ。

「まあ、ゆっくり泳いでると、敵にどんどんたかられちゃうからね。助かるわ」

素直に、ソーコとケニーも、『速鮫（マリーナ）』に掴まることにした。

目指すは正面の大階段だ。

広間の左右や二階の通路にも、大きな絵画がいくつも飾られている。

「すごい絵の数だねえ」

「学院長の趣味かしら。なかなかいい趣味ね」

絵には下の方に簡単な説明がある。

霧を纏（まと）い夜の海を進む『彷徨（さまよ）う幽霊船』。

サメと戦う、角の生えた厳(いか)つい顔の魚とその群れ『鬼魚(おにざかな)の大将』。

津波を背に、豪奢(ごうしゃ)なドレスを着た美女の姿が描かれた『古代の海底女帝ティティリエと大海嘯(だいかいしょう)』。

などなど。

「リオン、ちょっと待った。使い魔をストップさせてくれ」

「どうしたの、ケニー君」

ケニーの要請に応え、リオンは『速鮫(マリーナ)』を止めた。

「確かサメって、電気苦手だったよな？」

言われて、リオンも気付いたようだ。

『速鮫(マリーナ)』が鼻面を上下させ、進むのを嫌がっている。

「うん？　確かに『速鮫(マリーナ)』が嫌がってるね。雷？　でも、どうしてこんなところで……」

ソーコが、左の扉を指差した。

「どうやらあっちで、誰かが戦ってるみたいよ」

リオンがゆっくりと『速鮫(マリーナ)』を進ませ、三人と一匹はそちらに進んだ。

どうやら中庭に出るようだ。

中庭では、水馬(ケルピー)を相手に先生達が戦っていた。

◇◇◇

中庭での戦いが終わり、先生達はケニー達とは別方向へと去っていった。

残ったゴリアス・オッシだったが、彼もまた疲労でその場に倒れ込んでしまった。

ケニー達はゆっくりと近付いてみるが、怪我らしい怪我も負っておらず、命の危険はなさそうだ。

「それにしても、オッシ先生本当に強かったんだな」

「そうね。とても失礼だけど、ちょっと侮ってたかも」

「……二人とも、仮にも相手は戦闘魔術科の科長なんだから、そりゃ普通に強いに決まってるよ」

困った顔で、リオンが窘めた。

「ぴぃー？」

目を覚ます様子のないオッシの頭上を、フラムは泳ぐ。心配しているようだ。

「フラムちゃん、大丈夫だよ。ちゃんと生きてる。……自動回復の術式を使ってるね。しばらくしたら復活すると思う。でも、起こした方がいいんじゃないかなあ？」

ケニーとしても、リオンの気持ちは分からないでもない。

今でこそモンスターは出現していないが、いつまたやってくるか分からないからだ。

ただ、オッシが目覚めて、ケニー達を見た時のことを考える。

「そうしたいところだが、それはそれでなんか面倒くさいことになりそうだ」

「右に同じ」

嫌みか説教、どちらかは確実だろう。

ケニーとしては両方を推す。

「まあでも、いいモノを見せてもらったことだし……なるほど、口が使えなくても、やりようはあるんだよな」

　ケニーは、オッシを真似て、指をいくつか組み合わせた。

「オッシ先生は、俺達だってバレないように起こせばいいだろ」

　ポケットをまさぐって空気飴を取り出し、オッシの口の中に入れた。

「ねえ、二人とも、あっちの方に強い気配があるけど……」

　リオンが謁見の間のある方角を指差した。

「ぴぃ」

　それにフラムも同意する。

「この水の結界を張った、主かしら？」

「うん、多分」

　どうしよう？　とリオンは首を傾げる。

「それは、オッシ先生に任せよう。俺達は俺達で、最初の予定通りやるべきことを済ませないとな」

　ケニーは、大広間のある方角を指差した。

「う……」

オッシは口の中の不快感に、目を覚ました。

口内に何やら丸いモノが入っていて、それがブクブクと泡を生み出していた。

泡の正体は、どうやら、空気のようだ。

吐き出してみると、飴玉のようだった。これが泡の空気を生み出してくれているらしい。

誰が、何の目的で入れたのかは分からないが、体力は八割方回復している。これなら、戦闘も問題ないだろう。

水馬(ケルピー)の暴走というアクシデントはあったが、オッシは『城』の中へ戻り、さらに進んでいく。

何度かモンスターとの遭遇はあったが、さっきまでよりもかなり少ない。

まるで誰かが間引きでもしてくれたかのようだ。

(……しかし、この結界の原因を考えれば、モンスターの数が多いところにこそ、元凶は存在するはずだ)

そう考え、オッシはモンスターの気配が強い方へと進んでいき……やがて、謁見の間に到着した。

謁見の間の天井は高く、通常の建物三階分はあるだろう。

その天井に届くほどの、巨大なクラゲが漂っていた。

(なるほど、これが元凶か)

オッシの存在に気付くと、その透明な触手をいくつも伸ばしてきた。

動きこそ鈍いものの、数が多くしかも一本一本が太い。

オッシは指を鳴らし、数発の火炎弾を放った。

触手に直撃するも、当たった触手だけがわずかに怯むのみで、残りの触手がオッシに迫ってくる。

オッシは身体を翻し、触手を回避する。

触手の先端が床や壁に直撃し、鈍い音と共に破壊される。緩やかな動きだが、破壊力は高いようだ。

そもそも水属性であるクラゲ相手に、水中で火炎弾が効果を発揮するとは、オッシも期待はしていなかった。

（……ならば、雷撃はどうだ？）

オッシは手の平に雷を集め、振るった。

これもやはり弱く、触手を震わせただけに留まった。

そもそも痛覚があるのかないのか、クラゲはまったく怯まず、触手をうねらせ、オッシに攻撃を繰り返した。

（触手相手では、埒があかんな……！）

オッシは身体強化を再び発動し、一気にクラゲの本体と思しき、傘の部分へと迫った。何本もの触手が襲い掛かってくるが、回避自体は容易い。

（もう一度……！）

雷撃を傘に向ける……が、効果はほとんどなかった。

やや、触手の動きが鈍くなる程度だ。

特にオッシを苛立たせるのは、ダメージがどの程度入ったか、クラゲには表情がないのでまったく分からないということであった。

今、コイツが瀕死なのか、それともピンピンしているのか……だが、こういう場合、オッシは経験上、悪い方に捉えるべきだろうと考える。

すなわち、このゴリアス・オッシの火炎も雷撃も、このクラゲ相手にほとんど効果がない、ということである。

けれど、まったく手の打ちようがない訳でもない。

（……まったく不本意ではあるが、仕方あるまい）

クラゲの触手はオッシを捕らえようと、正面だけでなく左右後方、それに下からも迫ってきていた。

スッとオッシはさらに上へと泳ぎ、天井に到達する。

そして天井に触れると、土魔術を発動した。

（土魔術は私には似つかわしくないので、あまり使いたくはなかったのだがね……！）

ピシリ……！

天井にいくつもの切れ筋が走ったかと思うと、それらは巨大な瓦礫の山と化し、真下にいたクラゲに直撃した。刺胞動物であるクラゲは、物理攻撃にはほとんど耐性がないようで、いとも容易く瓦礫の下敷きとなった。

……瓦礫の隙間から破片が浮き上がり、再び合体再生する、という可能性もあり得るため、オッシは警戒を続けたが、どうやら本当に倒せたようだ。

（ずいぶんと手こずらせてくれたな。だが、これで一安心、といったところか）

浮遊感が薄まりつつあるのは、どうやら水の結界が解けつつあるからだろう。

このまま完全に結界が解けたら、オッシは三階の高さから落下することになるので、急いで床に降り立った。

当然、床は瓦礫の山でメチャクチャになっており、不安定だ。

（私には炎や雷といった華やかな魔術こそが相応しい……地味な土属性の魔術はどうにも、馴染めんな）

にもかかわらず、オッシと最も相性がよいのが土属性というのは、皮肉な話である。

何にしても疲れた。……瓦礫に腰を下ろしていると、周囲の水がやがて薄れ、霧のようになり、身体も重くなってきた。

結界が解けてきた、証拠だ。

しばらくすると完全に水の結界は解けきり、緋色のローブの生徒達が姿を現した。

「先生！」「ご無事でしたか！」「うわ、何だこの瓦礫の山」

「む、ずいぶんと来るのが早いな。問題は解決したぞ。この瓦礫の山は、結界を造っていたボスが暴れた結果だ。モンスターの解体ができる者は誰か、連れてきているかね」

サラッと、天井が崩れた原因をクラゲになすりつけながら、オッシは生徒達に尋ねた。

「あ、はい。そちらもちゃんと……そ、それよりも、中央の広場で少し騒動があって……」

「騒動？　ああ、ここのモンスターと、島全体を徘徊しているモンスターは別ということか」

モンスターの襲撃で、誰かが怪我でもしたのだろうか。

けれど、生徒達の雰囲気は、どうもオッシの解釈とは違うモノらしい。

「い、いえ、そういうことではなく……と、とにかく来ていただけますか」

「いいだろう。それにしても、一体何が起こっているというのだ？」

半ば崩れかけている『城』の長い階段を下りると、そこは大きな広場になっている。中央に噴水があり、放射線状に街路が延びていることから、単純に『噴水広場』と呼ばれている場所だ。

噴水には水を吐き出す獅子（しし）の像が据えられていたのだが、これはモンスターだか台風だかによって破壊されており、代わりに翼の生えた小さな悪魔のような像――ガーゴイル像が据えられていた。

「こ、これは……」

噴水を中心に、教師達や多くの生徒が集まっていた。

「ああ、お疲れさまです、オッシ先生」

オッシに声を掛けたのは、池に入り、ずぶ濡れになりながらガーゴイル像の据え付け作業を行っていた、ケニー・ド・ラックだった。

「ケニー・ド・ラック。どういうことだ」

「どういうこと……というと？」

ジャブジャブと水を掻き分けると、ケニーは噴水の縁に手を掛け、そこから出た。

「このガーゴイル像のことだ。これは、あの『城』の中にあったモノだろう」

「はい。なので回収しました。何せ水の中の大広間なんて、みんな出入りが大変だと思って」

「『城』なら、私が今、解放した」

「ああ、はい、知ってます。でも、『城』はモンスターの巣になっていたこともあって、ガーゴイルもちょっと砕かれてたりとかして、危なかったんですよ。それに、割と壊れている場所が多いじゃないですか。正面の階段にしても半壊状態で危ないですよね。うっかり足を踏み外して、怪我をしてしまうかもしれません」

「む……」

確かに、オッシがここまで下りてくるのにも、少々慎重になった。

「ここなら、そういう心配もありません。モンスターは駆除しましたし、雨が心配なら屋根ぐらい生活魔術科で作りますよ」

オッシは目を細めた。

「君達は、まさか、我々を囮にして、このガーゴイルを回収したのではないかね……？」

「いや、それはないです」

ケニーは口に苦笑いを浮かべ、肩を竦めた。

「何故言い切れる」

「え、だって普通に危ないじゃないですか。戦闘魔術科の科長がいるのに、俺達が巣の主と戦う理由なんて、ないでしょう？」

　ケニーの言葉は的を射ていた。

「そ、それは、課題ポイントを稼ぐために……」

　オッシは反論しようとしたが、ケニーは首を振った。

「それと引き替えに、先生に叱られるってのもあんまり割が合わないですよ。それに課題ポイントならこのガーゴイル像の設置と修復で、稼げてますし」

「何⁉」

　その時、噴水に設置された『知恵のある石像（ガーゴイル）』の瞳が、青い光を放った。

　そして牙の生えた口からは、声が漏れた。

『危ないところであった……あと少し遅れていれば、我輩の機能は停止していたであろう』

「ですって」

　ガーゴイル像の青い瞳が、オッシを捉える。

『汝（なんじ）は戦闘魔術科の科長ゴリアス・オッシであるな。汝の活躍も把握している。『城』の解放大儀であった。課題ポイントを戦闘魔術科に計上しておくぞ』

「う、うむ」

「だから、そんな疑うような目を向けられても困りますって。俺達が『城』に入ったのは、このガーゴイルがないと、魔術学院の臨海学校が始まらないからなんですから」

ガーゴイルは、この臨海学校における課題やイベントをまとめる立場にある。石でできているとはいえ、大型のモンスターがぶつかって砕かれてしまう可能性もあった。

ガーゴイルが砕かれれば、課題やイベントに大きな支障が出ていただろう。

だからケニー達はいち早く、その保護に動いたのだという。

そして、臨時の課題ポイントが早速出た。なるほど、ガーゴイルはいわば臨海学校の要の一つであり、水の結界から救出し、修復したことは大きな功績となるだろう。

「くっ……」

オッシの担当する戦闘魔術科や、共に行動したバルトルト、サイモン、エル達の魔術科も臨時の課題ポイントを得ることはできた……が、生活魔術科の得た臨時課題ポイントも大きい。

いきなりのイレギュラーな事態に、オッシは何だか嫌な予感を覚えるのだった。

そして、臨海学校の開会式が行われることになった。

場所は『城』の正面の広場となっている場所である。あちこちにあった瓦礫が撤去され、魔術学院の生徒達が並ぶ。即席で造られた壇上には、シド・ロウシャ学院長が立った。

「長々とした話は退屈じゃろうから、手短に済ませるぞい。それではこれより、臨海学校を開始する‼」

学院長が言葉を発し、広場は沈黙に満たされた。

数秒ほど経って、ゴリアス・オッシが声を発した。

「さすがに短すぎませんか学院長⁉」

「じゃが、生徒達には好評なようじゃぞ。ま、皆先生の言うことをちゃんと聞き、怪我などせんようにの。ふぉっふぉっふぉ。さて、開会式宣言は終わらせたが、現状の課題ポイントを発表する」

オッシは袖から取り出した巻物を広げた。

「今回は異例じゃが、何せ台風とモンスターの襲来というトラブルを押しての開催じゃからの。儂がここに立つ前に、貢献した教師や生徒もおるということじゃ。彼らを評価せねばこれはむしろ不公平というモノ。そして、現在課題ポイントが一位にあるのは、戦闘魔術科」

戦闘魔術科から、歓声が沸き起こった。

「やはり多くのモンスターを駆除したことが大きいのう。その中でも科長であるオッシ先生は、あの『城』を包んでおった、水霊結界を解いてくれた。皆、拍手じゃ」

学院長の言葉に、拍手が沸き起こった。

「そして二番手には生活魔術科。瓦礫の撤去や建物の修復、炊きだしといった地道な作業も評価の対象となる。課題ポイントを測定するガーゴイル像を『城』から回収、そこの噴水に設定したのも彼らじゃて。生活魔術科にも拍手を！」

戦闘魔術科ほどではなかったが、それでも大きな拍手が沸き起こった。

「さて、順位を発表したところで、あまりめでたくない話題を一つ話すとしようかの。食糧に関してじゃ」

学院長が言うと、生徒達の雰囲気が引き締まった。何しろ食糧は死活問題である。

「皆知っての通り、この島をモンスターが襲った。そして彼らは島に備蓄してあった食糧の大半を食べてしもうたのじゃ。よって、儂らがご飯を食べるには現地調達しか手段がない」

学院長は、背後に立つ『城』を指差した。

あちこちの窓が破れ、建物の一部も崩れている。

「さらに『城』はあの通り半壊状態で現在、大急ぎで修復しておるが、併設されておった宿舎もまた使用ができぬ。うっかりどこかが崩れて、怪我人が出ては困るからの。よって泊まる場所は、既に各々の魔術科が臨時に使用させてもらっておる、周辺の宿屋をそのまま使ってもらうこととする。もちろん、本来の宿の責任者が戻ってきた時、責任は儂らの方にあるよう、話を回してもらって構わぬ」

パン、と学院長は手を叩いた。

「臨海学校のカリキュラムは予定通りに行う。ただ、今回はそれとは別に快適な生活は自分達で賄ってもらうということじゃの。これはこれで、ある意味思い出に残る臨海学校になるじゃろう。ふぉっふぉっふぉ」

ひとしきり笑うと、学院長は生徒達に背を向けた。

「儂の話は以上じゃ。それでは各魔術科の科長達には、今回の臨海学校における方針を表明してもらおうかのう」

壇上から降りた学院長に代わり、ゴリアス・オッシが壇上に立った。

「戦闘魔術科科長のゴリアス・オッシだ。基本的には、やることは本土の時と変わらない。モンスターの駆除がメインだ。ただし、ここはいつもと違い、多くの海棲モンスターがいる。海底のダンジョンにもだ。普段と同じ心構えで挑めば、痛い目に遭うぞ。気を付けるように。そして生徒達は最低でも一つ、新たな術の習得が目標だ。しっかりやりたまえ。また、今回は自給自足はもちろんのこと、掃除や洗濯も各自でやってもらうことになる。自分のことぐらい自分でできるようになるように！」

戦闘魔術科から悲鳴めいた呻き声が漏れた。

順番にそれぞれの魔術科の科長が挨拶と目標を掲げていく。

やがて、生活魔術科の科長、カティ・カーの番となった。

「生活魔術科の科長、カティ・カーです。海を楽しめる魔術を何か、生み出せればいいなと思っています。それと、せっかくモンスターを狩ったのに放置するのも勿体ないので、色々料理や装備も作りましょう」

第二話　生活魔術師達、海の使い魔を求める

　イスナン島のモンスターが駆除され、修復された港に島から避難していた人々の船が着き始めていた。漁業も再開され、街中の活気も甦（よみがえ）ってくる。

　大工達は大急ぎで城や宿舎を復旧させ、本来宿泊予定だった宿舎へと入る魔術科もいた。

　例年とはやや違う活気が、島を満たそうとしていた。

　この日、生活魔術科の定まったカリキュラムはなく、生徒達は全員が海へ遊びに出ることになった。

「海ー」

　灼（や）けた砂浜に降り立ったソーコは両腕を伸ばし、声を上げた。

「見れば分かるモノを、何で口に出すんだよ」

　大きな花の柄のシャツに学院指定の短パンという姿をしたケニーが、後ろから突っ込んだ。

「何となくよ。深い意味は何一つないわ」

そんな二人の横を、ピンク色の塊が飛び出した。

「ぴぃー！」

フラムは砂浜を駆け出し、遊ばないのとソーコ達を振り返る。短い尻尾もパタパタと揺れていた。

「ほら、フラムも喜んでるわ」

「……基本的にコイツ、不機嫌になることあんまりないだろ。というかそもそもここまで船で来たし、甲板からは全方位海だったと思うんだが」

「それとこれとは別よ。ねえ、リオン」

「あ、う、うん……そ、そうだね」

麦わら帽子に草色のパーカーを羽織ったリオンは、胸元を両腕で隠していた。

「……何でそんな挙動不審なのよ」

「な、何か注目されてるっぽくて」

なるほど、あちこちの魔術科の生徒達が、恥ずかしそうなリオンに注目していた。

その視線は、主に胸の方に向けられていた。

「あー……私には無縁の悩みね」

「ぴぅ？」

戻ってきたフラムを、ソーコは抱き寄せた。

「フラムも私の仲間ね。あれは敵よ敵」

「ぴっ、ぴー！」

真顔でリオンを指差すソーコを真似て、フラムも楽しそうに手をリオンに向けた。

「いやフラム、絶対意味分かってないだろ。あと、リオンは周りの目を気にしすぎ。もっと堂々としてりゃいいんだ」

動きにくいだろ、とケニーは付け加える。

「そ、そうは言われてもぉ……」

「グッと胸張ってればいいのよ」

「余計目立つよ⁉」

「何よ自慢⁉」

揉める二人に、ケニーは目を細めた。

「……すごいレベルの低いひがみで、チーム崩壊の危機みたいな流れだな。あ、マルティン悪いな」

急に日陰ができたかと思ったら、いつの間にかビーチパラソルが立てられていた。

傘の下には、黒い執事服を身につけ、銀髪を後ろに撫（な）で付けた青年が静かに佇（たたず）んでいた。

マルティン・ハイランド。

生活魔術科の生徒だ。その左手には、色とりどりのドリンクが載ったトレイがあった。

「いえ、私はこれが仕事ですから」

微笑みを絶やさず、マルティンはドリンクをケニー達に配っていく。

「マルティン君は、泳がないの？」

「吸血鬼はあまり泳ぐのが得意ではないのですよ。むしろ泳げない人の方が多いといってもよいのではないでしょうか」

赤い瞳に牙、マルティンは吸血鬼という種族だ。

力は強く様々な異能を有するが、同時に弱点も多いとされている。

「ああ、流れる水がダメなんだっけ」

「はい。決して進めないというほどではありませんが、それなりに」

「……まあ、吸血鬼の伝説が全部本物なら、この日差しの下で活動しているマルティンは一体何者なんだって話になるよな。そういえば、学院の方でこの臨海学校のためにってサンオイルの研究してたはずだけど、完成したのか？」

「はい。それのおかげで、この日差しの下でもこうして問題なく活動できております」

いつの間にか、マルティンの手からはトレイが消え、代わりに小さな瓶が出現していた。

中に液体が入っていて、これが件のサンオイルなのだろう。

「へー……一応聞くけど、私や普通の人間でも使えるの？」

「使用自体に問題はありませんが、あまりオススメはできません」

「なんで？」

「効果が強すぎ、日差しはもとより水も弾きます。海に入ろうとしても、海上に浮いてしまいます」

「どんだけ強いのよ⁉」

水と油とはよく聞くが、それにしたって効果がありすぎる。

「……え、つまり海の上を歩けるってことか？」

「はい。足の裏に塗れば可能ですね」

ケニーの問いに、マルティンが答える。

ソーコは足の裏にオイルを塗り、海の上を走る姿をイメージしてみた。

……うっかり転倒すると、大変なことになりそうだ。

「それはそれで面白そうだけど、ダンジョンは海中にあるんだよなぁ……残念だけど、使うのは見送ろう」

「それがよろしいかと。先に申し上げた通り、私は種族柄、泳ぐのが苦手ですので、こうして陸の上でのサービスに専念させていただこうと思います」

「まあ、絶対海に入らなきゃダメって話でもないものね。それにしても……マルティンのそれ、便利よね。確か『仮初めの生命』だっけ？」

ソーコは、生物のように足を動かし、ビーチパラソルの下に収まった、サイドテーブルやビーチチェアを指差した。

「ありがとうございます」

「前から気になってたんだけど、リオンの使い魔と使役できる数以外、違いってあるのか？」

ケニーの質問に、ふむ、とマルティンは少し考えた。

「そうですね……私のこの『仮初めの生命』は、私の魂の一部を無機物に分け与える、吸血鬼としての種族特性であって、そもそも魔術ではありません。数でいえば、おおよそ十数体といったところでしょうか。触媒も必要ありません」

「ほとんど、リオンの上位互換みたいね」

ソーコの感想に、マルティンは首を振った。

「とんでもございません。スターフ様の使い魔は意思が繋がっております。ですが、私のそれは無機物それぞれが独自の意思を有しております。つまり、躾けておかなければ、勝手に行動してしまうのです」

意思を有するといっても、知能はほとんど犬猫ぐらいしかないらしい。

つまりあまり複雑な命令は理解できないし、指示を明確にしなければとんでもないことになってしまうのだという。

「それは、ちょっと困るな……」

「もちろん、滅多なことではありませんが、可能性として存在致します。また、魂を分け与えるというその性質上、どうしても私自身が弱ってしまいます。スターフ様は身体の動きが鈍くなる、ということですが、私の場合はそもそもの生命力に関わります」

「ちょっと、じゃあこんなに使役してて、大丈夫なの？」

ソーコ達の傍にあるビーチパラソルの他、小さなトランクから出てきた、丸まったレジャーシート、ビーチボール、浮き袋などがマルティンの後ろに控えている。

「はい。今は皆様がおられますし、いざとなればすぐ魂を私の元に還すことが可能ですから」

「……その鞄も、何気に謎機構よね。どれだけ入っているのよ」

ジャンプした鞄の取っ手が、マルティンの手の中に収まった。

「見た目よりはそれなりに入っておりますが、それでもイナバ様の時空魔術と比較するのはおこがましい容量でございますよ」

「そりゃそうだけど、何気にそういうの嫌いじゃないんだよなぁ……」

「わたしには、よく分かんないけど。それにしても、カー先生の言ってた個別の課題、マルティン君は出発前の時点で終わらせてることになるんだよね。すごいなあ」

感心したように、リオンはサンオイルを見た。

「ああ、そのサンオイルは、充分評価の対象になるだろうな」

「それを言ったら、ケニー君の空気飴も当てはまると思うんだけど」

「あれはほとんどついでできたような産物だし、どっちかといえばこの『ハンドジェスチャー』をもうちょっと突き詰めたいところだな。口で言うより圧倒的に早い――」

『ハンドジェスチャー』は、『城』でのオッシの戦いを見てケニーが思いついた、新しい魔術の使い方だ。できることはまだまだ少ないが、そこは試行錯誤の段階だ。

ケニーが手をかざそうとすると、背後から騒々しい足音が響いてきた。

音の主はケニー達のすぐ傍で立ち止まり、テンション高く両腕を広げた。

「おおおおお！　青い海！　照りつける太陽！　そして水着の女の子！　オレは今、猛烈に感動している‼」

「……生活魔術科の恥部が出たわ」

グッと拳を突き上げる男子生徒に、ソーコは頭を抱えていた。

一方マルティンは、冷静である。

「グレタ様は、今日も平常運転でございますね」

「マルティン、それフォローになってないな」

「しておりませんから」

「マルティン君ですら、フォローしないグレタ君って一体……」

「でも、気持ちは分かるわ」

騒々しい男子生徒、グレタがグルッとこちらを向いた。

「おおお、リオンちゃん、ソーコ、その水着似合ってるよ！　リオンちゃんはそのまま幻影通信のモデルでもいけそうだし、ソーコはまるで妖精みたいじゃん！」

「あ、ありがとう、グレタ君。普通に学院指定の水着なんだけど……」

グイグイとくるグレタに対し、リオンは思わず距離を取ろうとする。

一方、ソーコはグレタとの間に、空間の断裂を作りだした。いわゆる障壁である。

「まあ、褒められて悪い気はしないわね。ただ、あんまりジロジロ見るのはどうかと思うわ」

「いや、そりゃしょうがないだろ。二人がそんな魅力的な格好をしてるんだ。男だったら目が離せないだろう。いや、むしろ目を離せる奴は男じゃない！」

「ソーコ、リオン、そろそろいくか」

構っているとキリがないと、ケニーが二人に声を掛けた。

そんなケニーに、嘆かわしいとばかりにグレタは首を振る。

「おおっとここで空気の読めない男の発言がきたよ。なあおいケニー、マルティン、二人はちゃんとこの豊穣の女神と妖精の姫に賛辞の言葉を贈ったか？」

「……ほんの数秒で、二人の評価がランクアップしやがった」

「そんな存在するだけでありがたい二人に、これをプレゼント！　一つだけ色の違うビーズがあるだろ？　ここに魔力を集中させると、信号を放つ機能がある。溺れそうになったりモンスターに襲われそうになった時の、救難信号代わりになるんだ」

どこから出したのやら、グレタはビーズのブレスレットを二つ、取り出した。淡いオーロラ色のブレスレットだが、言われてみるとなるほど、ビーズが一つだけ濃い草色をしていた。

「なあ、俺達の分は？」

ケニーが自分と、マルティンを指差した。

残念ながら、とグレタは手を横に振った。

「悪いな、女子優先だ。用意はするけど、まだ材料が足りてない。あ、リオンちゃん、ソーコ、本当に名残惜しいけどこれ、他の女子にも配らなきゃならないんだ。じゃあね！」

砂埃（すなぼこり）を上げながら、グレタは去っていった。

「……相変わらず、嵐のような人ですね」

「技術なら、生活魔術科でもトップクラスなんだけどな。あと、自分の分のブレスレットすら作っていなかった点は、評価しとこう」

女子優先、にはグレタ自身も例外ではないらしい。

しばらくその後ろ姿を追っていると、今度はグレタほど騒々しくはないが、こちらに駆けてくる足音がしてきた。

振り返ると、グレタそっくりの少年が、両膝に手を当て、息を切らせていた。

グレタの双子の弟、レスだ。兄との違いといえば、銀縁の眼鏡を掛けていることぐらいか。

「はぁ、はぁ……ごめん、ケニー。今、兄さんがこっちに来なかった？」

「たった今、走り去っていったぞ、レス。あの土煙がお前の兄貴だ」

「そう、ありがとう」

少し息を整え、再び駆け出すレス。

それからふと振り返り、ソーコとリオンを見た。

「あ、みみみ、水着、似合ってるよ。それじゃ」

そして今度こそ、兄を追って走っていく。

「俺も、学院指定の水着なんだけど」

「アンタのことじゃないわよ、多分」

ケニーの足を、ソーコが軽く蹴っ飛ばした。

マルティンに用意してもらった大きなビーチボートが、海の上に浮かんでいる。

寝そべっているのはケニーだけで、ソーコもリオンも泳いでいる。

「それにしても、色んな使い魔がいるな」

「クラゲ、亀、シーサーペント……本当だねえ」

様々な魔術科の生徒達が、パートナーとなる使い魔と海を満喫している。

リオンは使い魔を呼び出していないが、フラムも傍から見れば、使い魔に見えるのかもしれない。

「リオンの『速鮫(マリーナ)』なら、いいトコまでいけるんじゃないの？」

「うーん……わたし個人だとそうかもしれないけど、生活魔術科全員は乗せられないよ？　頑張っても三体だけど、一体に魔力を集中させた方が、圧倒的に速いし」

「ぴぃあ！」

短い手足で水を掻き分け、フラムが自己主張をする。

「うん、フラムちゃん泳ぎ上手だね。でも、人を引っ張ったり乗せたりは、難しいかなあ」

「ぴうぅ……」

フラムの体躯はまだ小さく、ビーチボールよりやや大きいぐらいしかない。

フラムは残念そうな鳴き声を上げた。

「フラムちゃんはゆっくり大きくなればいいんだよ」

「ぴ！」

「レースはあの小島をグルッと回って、砂浜でゴール。結構な距離だよな」

ケニーは遠くに見える小島を見た。ザッと五ケイルぐらいだろうか。往復で十ケイル……いや、グルッと回るからもう少し、距離は伸びるか。

臨海学校のイベントの一つ、使い魔を用いた遠泳レースが明日、行われるのだ。

「普通に泳げないこともないけど、相当体力があって、しかも泳ぎが上手じゃないと厳しいよね。そもそも、そういうレースじゃないし」

「使い魔を使うことが条件よね。例外は召喚獣と変化魔術？」

召喚術師が呼び出す召喚獣も広義では使い魔に含まれ、リオンの使い魔もどちらかといえば召喚獣に近い。変化魔術は、海の生物に変化して、レースに参加することが可能になる。

魔術学院の、魔術師としての技量を競うレースなので、体力のみでは成立しないのだ。また空を飛ぶ使い魔も許可されているが、高度は制限されている。

「そうだな。そして使い魔を持たない生徒は、ここで使い魔と契約してレースに参加することになる。まあ、ここっていっても主に、海の底だろうけど」

「海底ダンジョンね」

今も、ここから少し沖にある海の底、海底神殿と呼ばれる巨大なダンジョンでは、新たな使い魔と契約しようと、魔術学院の生徒達が探索をしている真っ最中だ。

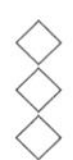

海を満喫したケニー達は、陸に戻ると、そのまま噴水広場に足を運んだ。

噴水には、課題ポイントを管理するガーゴイルが据えられていて、掲示板には課題ポイントを稼げる依頼書が何枚も貼られている。

「うーん……いい依頼は何かないかなあ……」

「ガーゴイル。何かないか?」

ケニーはガーゴイルに聞いてみた。

『生活魔術師達であるか。ふむ……現状、海藻の採取や魚釣りが主であるな。食料の調達は、各魔術科の急務である。いくらでも需要はあるぞ。生活魔術科の得意分野ではないか?』

「うーん、そっちはそれ専門でやってくれてる奴がいるからなー。まあ、海藻の採取は受けといて損はなさそうだな」

『よかろう。依頼の受領を確認した。しっかりとやるのだぞ』

「ノルマはこなすさ。あと、オススメの場所はどこかあるか?」

『お主達は、冒険者の登録をしているという話であったな。この島の沖にある海底神殿と呼ばれるダンジョンには神樹の神殿、巨岩の神殿といった幾つかの入り口が存在するが、どれも初心者向けといってよい。お主達には少々物足りないだろう』

「あの……別に、そんな危険な場所とか、求めてないんですけど」

「甘いわよ、リオン。初心者向けってことは、大したモンスターがいないってこと。それってつまり、レースで戦える使い魔じゃないってことでしょ」

「あ、そっか……」

『レースに参加するのならば、やはりある程度レベルの高いダンジョンに潜るべきであろう。成績によっては許可できぬが、お主達ならば魚群の神殿でも問題はあるまい』

「やっぱりそこになるか」

魚群の神殿はその名の通り、魚のモンスターが多く棲息するダンジョンだ。戦闘回数も増えるが、速い使い魔も多いだろう。

『許可はしよう。教師達も持ち回りで巡回している。それでも、危険は存在する。それを肝に銘じて、探索するがよい』

そうして、一行は再び海へ向かった。

海の沖には人工の巨大浮島が設置され、これがダンジョン探索のベース基地となっていた。

真下にある海の底が海底神殿と呼ばれるダンジョンだが、ここまで船で訪れたとして、係留する場所が存在しない。

そのための浮島であり、往復するためのボートも用意されていた。

これを利用し、ケニー達も一度浮島に足を踏み入れ、その後、海の底に向かった。

準備はケニーの空気飴と、魔術学院で支給される水中での通信用のネックレス、そしてソーコとリオンはグレタからもらった緊急連絡用のブレスレットだ。

海中のあちこちに魔力で作られた光の球が設置され、思ったよりも明るい。

海の底には下手をしたら都市規模といってもいいほどの巨大な神殿が広がっており、そこを行き来する水着姿の生徒達の姿が見受けられた。

遠くには巨大な樹が特徴的な神樹の神殿や、小山ほどもある巨岩の神殿の姿もある。

ケニー達が目指すのは、中央にある大きな建物、魚群の神殿だ。

通信用のネックレスには、短距離の念話の他にもう一つ、半透明のローブに似た幻影が身体を包み込むという機能があった。

せっかくの水着が見られないじゃないかと生活魔術師のグレタを筆頭に、何十人かの男子が抗議したが、各魔術科の識別に有効であることから、この機能は必要とされていた。

もちろんケニー達を包む幻影は生活魔術科を象徴する草色である。

「ぴぃ、ぴぃあ！」

フラムは人の多さにテンションをあげていた。

「すごい人の数ね」

「こんなに人が多いと、モンスターなんてほとんど捕まえられないんじゃないかなぁ……」

そんな感想を漏らしながら、一行は神殿の中へと進んでいく。

白を基調とした建物で、幅の広い通路を等間隔に光が照らしていた。

「どこを向いても、人がいる状態じゃな。っていうか、ローブの色がほぼ一色なんだが」

行き交うローブの色は、そのほとんどが緋色だった。

「……ええ、戦闘魔術科だわ」

「あ、モンスターいたよ！」

リオンが、こちらに向かって泳いでくる、大型犬ほどもある魚を指差した。その数、五体。

「よし、それじゃ早速」

ケニーは『ハンドジェスチャー』を試そうと、腕を伸ばした。

その時だった。

「おいおいちょいと待ちなベランメエ‼」

大声で伝わってきた威勢のいい念話に、ケニーは思わず目を見開いた。見るとソーコとリオンも、反射的に耳を押さえている。念話なので、実際は意味がないのだが。

「んん？」

そして声の主は、ケニー達のすぐ傍にいた。

銛（もり）を構えた、青白い肌をした魚人だ。

戦闘魔術科の生徒であることを示す、緋色のローブを模した幻影が、その身体を包んでいた。

「この場所はウチのシマでい！　新参者は余所へ行きやがれ‼」

「は？」

「うんん？　念話魔術が効いてねえのか⁉　故障かぶっ壊れたかコンチクショウ‼」

とにかくやたら声が大きな魚人だった。

「いや、ちゃんと聞こえてる。ただ、意味が分からなかっただけだ。使用中ってのはどういうことだ？」

「ああ、見て分かんねーのかこのトンチキが！　この周辺は、ウチの連中が使ってるっつってんだよ！　ほら、あっちにもこっちにも緋色のローブ！　分かるか⁉　割り込みするってーんなら、相手になってやらぁ。オラオラ掛かってきやがれってんだ！」

「…………」

言ってることは分かった。

なるほど気付けはしなかったが、自分達に非があるのも理解できた。

だが、言い方が気にくわない。

掛かってこいと言うのなら、相手になってやろう。

手をかざすケニーの横で、ソーコの尻尾も怒りで膨れあがっていた。

目が合う。

やるか？　やっちゃっていいわね？

念話の必要もなかった。

そんな、一触即発の空気に、リオンが割り込んだ。

「ちょ、ちょっと待って！　別に割り込みしようってつもりはなかったの！　単に知らなかっただけだよ」

「あー、そうかい。なら、さっさとオレの目の届かないところに行くんだな。目障りだ！」

「いちいち言動が鼻につく奴ね……」

リオンに免じて手を下ろしたケニーだったが、ソーコの怒りはまだ鎮まっていなかった。

「ああ？」

「ソーコ、このネックレスの念話機能、小声でもしっかり拾うみたいだぞ」

「あらそう。作った人に報告が必要ね」

「おいこらこらこらそこのチビッ子、今さっきなんて言いやがった？　オレぁ子ども相手でも手加減しねーぞベランメエ」

「聞こえてたはずよ。いちいち言動が鼻につくって。普通に注意すればいいのよ。自分から喧嘩売る喋(しゃべ)り方しておいて、相手にそれを指摘されたらキレるってあなた、頭おかしいの？」

ビキビキと魚人の頭に血管が浮かび上がる。青白かった肌が、徐々に赤くなり始めていた。

「おいコラテメエ、生活魔術師如きが調子に乗ってんじゃねえぞコンニャロウ！」

「あら……それ言っちゃうの。言ったのは私個人であって、内容にしたって生活魔術師かどうかなんて関係ないでしょ？　訂正するわ。頭がおかしいんじゃなくて悪いのね」

「テメエェェエ‼」

魚人は遂に真っ赤になった。

潮時だな、とケニーは二人の間に割って入った。

「はい、ストップ。売り言葉に買い言葉ってやつだな。ソーコ、謝る気は？」

「ある訳ないじゃない。こっちは売られた喧嘩を買ってるだけよ」

「そっちは……」

「外野は黙ってろってんでぃ‼」

魚人は手に持っていた銛を振るった。

鋭い先端ではなく、石突きの方なので、怒ってはいてもまだ理性は残っていたようだ。もっとも当たれば痛いのには、変わりはないが。

「人の話を聞けよ」

ケニーは、広げた左手を突き出した。

その途端、魚人の銛は動きを静止した。

『ハンドジェスチャー』、その意味は『ストップ』である。

戦闘魔術科の科長オッシは、指を組んだ印に意味を持たせ、呪文の詠唱の代わりとして魔術を行使してみせた。

なら自分の使う、万能たる聖霊に繋がる『七つ言葉（セブン・ワード）』でも同じことができるのではないか？ とケニーは考えたのだ。

そして編み出したのが、この『ハンドジェスチャー』だ。見た目にはただ、手を突き出しただけのようにしか見えない。故に、動きを止められた魚人も動揺したのだ。

「グッ……⁉ テ、テメエ、何しやがった……⁉」

魚人は銛に力を込めているようだが、ビクともしない。

「答える義務はないな。そもそも何でそんな喧嘩腰なんだよ。俺達が何かしたか？」

「何もしねぇからムカついてるんだろうが！　お前ら、生活魔術師だろうが！　何でオレ達が自分の服、洗濯しなきゃならねぇんだ⁉」

「自分の服だからだろ？」

ケニーは、素直に答えた。

「そういうことじゃねえだろう‼」

「まあ、アンタがこっちに対して腹を立てている理由は理解できた。共感はまるっきりできないけどな。何にしても、この辺じゃロクに探索もできないってことも分かったよ」

感情論をぶつけてくる相手に、論理を説いても意味がない。理解してもらうには時間が掛かる。どうしてもここでなければ駄目、という訳でもない。

なので、ケニーはこの魚人とは距離を置くことにした。

「探索は好きにすりゃいいがね、この辺りはほとんど戦闘魔術科が占めてっからな。どう動いても、ほとんど『マナー違反』になるだろうぜ」

「ご親切にどうも」

◇◇◇

魚人と別れて、しばらくこの神殿を遊泳してみたが、どこに行っても戦闘魔術師のパーティーがいた。これだけ広いのに、一体どれだけの生徒が中にいるのだろうか。

「見た感じ、さっきの魚が言ってた通りね。全然ダメっぽそう。それに、魚人系の連中が何か監視してるみたいなのよね……感じ悪い」

チラッと、ソーコは緋色の疑似ローブを纏った、魚人を見る。

さっき言い争った魚人とは違うようだが、あまり顔の区別がつかない。

「目の敵にされてる理由は分かったけど、いくら考えても逆恨みにしかならないよな。かといって強く出るのも、あまりよろしくなさそうだ」

「どういうことよ」

「俺達への感情抜きにすると、連中の仕事は主に巡回だからさ。何せここは海の底、先生達だけじゃ手が回らないだろ？　その点魚人は水中のエキスパートだ。モンスターに襲われたり、呼吸用の魔術が切れた生徒を助けるのに、これ以上の存在はいない」

「だから？」

「戦闘力を抜きにしても、ここじゃ強い力を持ってるってことだ。あんまり反発してると、ボイコットされちまうかもしれない」

「知ったことじゃないわよ、そんなの」

「俺達はな。だけど、実際そうなってみろよ」

ケニーの言葉に、ソーコも押し黙る。

代わりに答えたのはリオンだった。

「誰のせいってことになって、わたし達って話になると……」

「俺達は別に悪いことも間違ったこともしてないつもりだけど、結果的に生活魔術科全体が色眼鏡で見られかねない」

「ケニー君も、そういうの気にするんだ」

「いや？　割とどうでもいいけど、面倒くさいのが嫌なだけだ」

「……あはは、ああ、うん、そうだね」

周りの評判はどうなろうと知ったことではないが、それに伴う不利益はやはり問題となる。揉め事は極力避けたい、ケニーであった。

そうこうするうちにも、回廊を大きなサメ型モンスターやカジキ型モンスターに乗って高速移動する、戦闘魔術科のパーティーとすれ違う。

ここにいても、使い魔と契約できないんじゃ、意味がないかな、と思うケニーだった。

特に妬ましいとも思わない。ただ、口に出すと何故か意外と言われるので口にはしないが、せっかくのイベントに参加できないのは少し悔しく思う。

一方、ソーコの感情表現はストレートだった。

水中にもかかわらず、唸り声が聞こえてきそうな顔になっていた。

「……連中が来るより早く、このダンジョンに潜るっていう案はどうかしら？」

「海底ダンジョンの探索は基本、日の出から日の入りまでって規則で決められてる。……まあ、さすがに夜の海の底なんて、シャレにならないからな。そして、その時間ギリギリいっぱい、連中が使わないわけ、ないだろう？」

浮島に戻ると、ちょうど昼時だったので、ケニー達はそのまま昼食と休憩を取ることにした。

ソーコが亜空間からサンドウィッチと香茶を取り出し、テーブルに広げる。

見渡すとあちこちで、同じような食事風景が広がっていた。

食べながら、午後からの活動を話し合う。

「戦闘魔術科の連中がいそうにないダンジョンって、ないかしら」

「いい考えだ。というか心の健康のためにも、その方がいいだろうな。リオン、メモしてなかったか？」

「うーん、いくつかの低レベルダンジョンがあるって、ガーゴイルさん言ってたから、一応はね。そこそこ大きいのは神樹の神殿。巨岩の神殿は難易度は低いけど、メインのモンスターが亀なんだよね……」

「待って、今地図を広げるわ」

ソーコが悪空間から、地図を取り出した。

ケニーがサンドウィッチの入ったバスケットを持ち上げ、リオンは両手と『猫の手』で香茶の入ったカップを持ち上げる。リオンの膝に乗っていたフラムも自分の分のカップをしっかり持っていた。

そしてテーブルの上に、海底神殿の地図が広がった。中心部にさっきまで自分達がいた、魚群の神殿があり、少し離れた場所に神樹の神殿と巨岩の神殿。

その他、水母(くらげ)の森や船の墓場といった小さなダンジョンがいくつも存在する。

「複数人が乗る分には亀も悪くないと思うけど、レースだとまず勝てないだろうな」

「神樹のダンジョンも、どちらかといえば素材採取向けなんだよね。海藻とか珊瑚(さんご)とか」

「ぴぃ！」

ペチ、とリオンの膝から身を乗り出したフラムが、地図の端を叩いた。

「え、フラムちゃんこれ？」

「ぴぅ！　ぴぃあ！」

フラムの手の下には『船の墓場』と記されていた。

「じゃあ、これにしよっか」

「……なあ、今の、何となく手を置いただけにしか見えなかったんだが、本当にいいのか？」

「どこに行くかで迷って時間を取るよりは、さっさと決めた方がいいわ」

首を傾げるケニーに、もっともなことを言うソーコ。

「場所によって、出現するモンスターも違うんだから、もう少し調べた方がいいとは思うんだがな。でもま、実際に行ってみて確かめるのも、悪くはないか。それでリオン、フラムが示した『船の墓場』はどんなダンジョンだ？」

「そこはそのまま、ずっと昔、大量の船がこの辺りで怪物に沈められて、ダンジョン化した場所みたいだね。ただ、沈没船でしょ？　最初の頃はお宝目当てにいっぱい人が来たらしいけど、さすがにもう取り尽くされて、全然人気のないダンジョンになっちゃってるんだって」

「なるほど。……ダンジョン以外に、何か課題はあったか？　この辺にしか生えてない海藻があるとか。あるなら、ついでにクリアしておきたい」

「ええとね、このダンジョンの真上にあたる海上には夜、霧と共に幽霊船が出現するんだって。その帆に描かれている海賊マークが何か確認すれば、課題ポイントゲット。……って、へぇ、そういうのもあるんだね」

「ちょっと待って、そもそも夜に出現する海賊船の帆を確かめるってことは、私達も夜に出なきゃならないってことじゃない。確かケニーの話だと、ダンジョン探索は、日の出から日の入りじゃなかったかしら？」

ソーコの指摘に、リオンはメモを読み直す。

「うーん、場所こそダンジョンの傍だけど、海の上だしね。課題の中には夜釣りってイベントもあるし、申請すれば問題ないみたいだよ。先生同伴みたいだけど、受けてみる？」

「……幽霊船が出るかどうかは、課題を読んだ限りではかなり運に頼った部分があるな。これは今リオンが言った、夜釣りのついでのイベントって考えた方がいいと思う。だから俺としてはパスしたい。……何より、夜は普通に寝たい」

「うん、それは、ちょっと分かる」

「じゃ、幽霊船はとりあえず置いておきましょ。メインになるのは、下にあるダンジョン『船の墓場』なんだし」

◇◇◇

昼食を終えて、一行は海底神殿の端にある『船の墓場』を目指した。

普通に泳げば時間がかなり掛かっただろうが、幸いリオンが『速鮫（マリーナ）』と契約していたため、それに掴まることで時間を大幅に短縮することができた。

辿（たど）り着いたそこには、古びた大小の船が無造作に積み重なっていた。

「これは本当に見事な、『船の墓場』だな」

「どんだけ沈んでるのよ、これ……」

パッと見た感じで数十隻はありそうだ。

ソーコは少し浮上して、上から『船の墓場』を眺めてみた。

……魔術学院のグラウンドぐらいの範囲に、大量の船が横たわっていた。

「えっとね、何百年か前の話になるんだけど、この地帯に巨大な触手の怪物が棲息してたんだって。で、この触手が船体を絡め取って、何十隻もの船が海の底に引きずり込まれたらしいの。それが、この『船の墓場』の由来ってことみたい」

「ねえ、その触手の怪物ってもう、いないのよね？」

ソーコの顔が引きつる。

「……いたら、ここが低ランクダンジョンになってるとは思えないんだが」

「……そうよね」

ケニーの指摘はもっともだったので、ソーコも納得した。

それを補足するように、リオンも付け加える。

「うん、後にその触手の怪物は討伐されたって話だよ」

「低ランクダンジョンってことは、お宝とかも望み薄よね」

「何百年も前の沈没船の集合体じゃ、さすがに未発見の隠し部屋も期待できそうにないな」

『船の墓場』のダンジョンとしての入り口は、積み重なった船と船の間にできた、隙間空間だった。

重なり合う船自体が大きいので、ケニー達もしゃがまずに進むことができた。

「一時はすごく栄えたらしいけどね」

「それも昔の話。今ここにいるのは……」

しばらく泳ぎながら進むと、真っ白い何かが姿を現した。

骨だけになった魚、スケルトンフィッシュだ。

「ぴぃー！」

フラムが回転しながら、スケルトンフィッシュを砕いていく。

「……フラムでも安心して倒せるスケルトンフィッシュか、元船員のスケルトンがせいぜいってところか」

「フラムちゃん強いねー」

「ぴぅ！」

リオンが撫でると、フラムは得意そうに鳴いた。

「でも、スケルトンフィッシュも群れになったら危ないから、気を付けるんだよ」

「ぴ！」

「同族の雑龍（トカゲ）も吹き飛ばす子に、そんな心配無用だと思うんだけど」

「そんなことないよ。どれだけ強くったって、油断は禁物なんだから」

「リオン、しゃがめ」

リオンが従うより早く、ケニーがリオンの背中を押して、地面に倒した。

ソーコは逆に、跳躍する。

その間を滑るように、太いロープが横切った。

「うわっ⁉　ロ、ロープが勝手に⁉」

かなりの質量があるそれは、ぶつかればただでは済まなかっただろう。

「騒霊現象（ポルターガイスト）だ。あちこちのクランの掃除で、時々経験しただろ？」

左右にある割れた船の窓から、箪笥（たんす）や椅子といった家具が転がり落ちてきては、こちらに迫ってくる。もっとも、こうした騒霊現象（ポルターガイスト）の相手は、冒険者パーティー『ブラウニーズ』として、散々仕事をしてきた。油断は禁物だが、対処には慣れたモノだ。

「危ないけど、死ぬほどじゃないわね。単に動いてるモノに反応している感じ？」

ソーコはいつも通りに『空間遮断（ギロチン）』で、家具を切断していく。

ケニーは『ハンドジェスチャー』で迫り来る家具を『止め』、『右』や『左』に飛ばして船体へとぶつけて砕いていく。

「だな。何せ長年塩水に浸かってるせいか、基本的に脆（もろ）い。ああでも、釘（くぎ）や金具には気を付けろよ。錆（さび）には毒があるっていうしな」

「……勿体ないわねえ、結構いい作りのクローゼットよ、これ」

ソーコは真っ二つになったクローゼットを蹴飛ばした。木材はボロボロで、非力なソーコの蹴りでも容易に砕けてしまう。さらに、おそらく船の乗組員だったのであろうスケルトン、ウミヘビやウミガメのスケルトンといった、スケルトン集団が現れるが、やはり脆い。

「出て、『速鮫（マリーナ）』」

リオンが召喚したサメが力強い動きで海流を引き起こすと、非力なスケルトン達はそれだけで流されてしまう。そうしてバランスを崩したところに、フラムが突撃し、砕いていった。

「ぴぃー、ぴぁう！」

「フラムのストレス発散にはいい環境なのかもしれないけどな……そもそも、フラムにストレスがあるのかどうかが、問題だけど」

「あんまりなさそうだよねぇ」

「ぴぅ？」

「それにしても、本当に何もないわね。モンスターですら、回収できる素材がないわ」

何しろ襲ってくるのがスケルトンに、古びた家具だ。入手できるモノなど、ほとんど無い。

「まあ、それでも一番奥まで到達すれば、それだけで課題ポイントをもらえるって話だし、一応最後まで行くべきだろ」

「あ、ちょっと待って」

先へと進もうとするケニー達をリオンが呼び止めた。

「どうした？」

リオンはその場に留まり、周囲を見渡した。

「うーん……声っていうか念っていうか……」

「残留思念か？」

「まあ、そんな感じの何か……が、聞こえるような気がするんだよ」

「フラムは、何か感じる？」

「ぴうー……？」

ソーコが尋ねてみるが、フラムは首を傾げるだけだ。

「しばらくソッとしておこう。ソーコ、フラム、大丈夫だとは思うけど一応、周辺を警戒」

「そうね」

「ぴ！」

しばらくケニー達が黙っていると、周囲の船が軋（きし）みを上げ、まるで何かを訴えているかのようだった。

「んー……」

海中ということもあり、軽く浮かんだリオンの身体はまるで漂うようにふわふわとその場を回る。

やがて、その動きは止まり、リオンは地面に着地した。

同時に、船の軋み音もやんだ。

「……もういいよ、二人とも。あとフラムちゃんも」

「何か分かったか？」

「うん、まあ船自体の無念や未練みたいなモノかな。航海半ばで沈んじゃったこととか、自分を絡めて海に引きずり込んだ触手への怒りとか、そんなの」

「船に感情ってあるのか？　……いや、船には女性の名前がつけられる慣習があるっていうし、あり得るか……？」

「慣習は知らないけど、モノに魂が宿るっていうのはウチの国じゃ珍しくないわ。付喪神（つくもがみ）っていって、長い年月を経た物体には、霊的な力が蓄えられるの。場合によっては自我も持つわ」

「まあ、マルティンの『仮初めの生命』みたいなもんか。ツクモガミは自然、マルティンのは付与って違いがあるけど」

とりあえず、ケニーは納得することにした。ただ、そうした無念だの未練だのをリオンに伝えて、どうしろというのか。そちらが気になった。

「それよりもリオン、その船の無念っていうのをもうちょっと詳しく。要するに、まだ進めたはずなのに、ここで沈められたのが悔しいってことだよな」

「うーん、全体的にそんな感じかな。それがどうしたの？」

「つまり、このダンジョンには意思があるってことだ」

意思がある。そしてこの沈没船の集合体は、船としての航海に未練がある。

おそらく課題にあった、幽霊船の帆の柄の確認、というのはこのダンジョンの思念が具現化したモノと考えて、間違いはないだろう。船の材料はここに、大量に存在する。大半は腐っているだろうが、いくらかは使い物になるだろうし、足りなければ足せばいい。

いくつかの考えが、ケニーの頭に浮かんでは組み合わさっていく。

そんなケニーの様子に、ソーコは軽く身体を押しながら、声を掛けた。

「ちょっとケニー、何考えてんの？」

「なあ、みんな」

ケニーは、ソーコとリオン、それにフラムに呼び掛けた。

「船、造らないか？」

ケニーの提案に、ソーコは戸惑い、リオンとフラムはキョトンとしていた。

「ど、どういうことよ？」

「レースの話だよ。ルールとして原則、使い魔が必要だろ。なら、ここで『意思のある船』を造れば、それは使い魔として成立するんじゃないか？」

「ええええぇ……」

ケニーの途方もない計画に、リオンは弱々しく悲鳴を上げた。

「ぴぁう？」

フラムは分かっていないようだ。

けれど、ソーコとリオンには分かる。ケニーはこういう時、やれると思ったことしか口にしない。

そこに無理や不可能はなく、まず大前提として可能。

あとは、やるかやらないかの問題なのだ。

「や、面白い、興味深い話ではあるわ。確かに、付喪神を使役するってのと理屈は同じだけど……船っていうか、ダンジョンを使い魔にする……？」

ただ、ケニーのしたいことが分かっても、理解が追いつかない。

ソーコはそんな顔をしていた。

ダンジョンを見上げ、ケニーを見、頭を掻きながら周囲を見渡し、そしてもう一度ケニーを見た。

「……大体、把握したわ。とんでもない話だけど、理屈の上ではできそうではあるし。駄目だったとしても、特にデメリットもなさそうだしね。じゃあ発案者のケニー、どうやって船を造るかぐらいは考えてるんでしょうね？」

「それなんだけどソーコ、時空魔術でここの船、元の姿に戻せないか」

「それは無理だわ」

ソーコは断言した。

「私の時空魔術って、使えば使うほど私が若返っちゃうって知ってるでしょ。こんな何百年も前の船の時間を巻き戻したら、生まれる前まで身体が遡っちゃうわよ。実際に遡ることはないだろうけど、何にしても私の身体がもたないことは間違いないわね」

しかも質量が段違いだ。

壊れた小物の時間を数分巻き戻す、などという案件とは訳が違う。

「そもそも、私達だけでやろうってのが間違いなのよ。どうせやるなら、他の子達も巻き込みましょ」

「あ、あのさ、二人とも、どんどん話を進めてるけど、そもそもこれ……許可とか取った方がよくない？」

ケニーが珍しくやる気になっているし、止める気がないソーコ。そして、もう完全に始めること前提で話が進んでいるので、まずは常識的なことを口にするリオンであった。

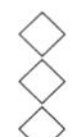

イスナン島中央にある『城』。

この時、生活魔術科の科長カティ・カーは、教師達の作業部屋にいた。

机に置いていたカードサイズの遠距離通信機『遠話器』が、突然振動を始めた。

「ふぁっ!?」

飛び上がるほど驚いたカーだったが、わたわたと遠話器を手に取り、耳に当てる。

遠話器は、遠く離れた場所にいる相手に連絡を取れる魔道具だ。

二つで一組なので、連絡してきた相手がケニー達のグループであることは、分かっている。

そして、ケニーの話を聞くに従い、次第にカーの表情が引きつっていった。

「え……は、あの、ちょっと待ってくださいね。私では判断できませんから……」

いよいよ理解が難しくなったところで、カーは周りを見渡した。

教師は何人かいるが、こんなことを相談できそうな人はいない。

「どうかしましたかの、カー先生」

うろたえるカーに声を掛けてくれたのは、シド・ロウシャ学院長だった。

この状況を解決してくれそうな、数少ない人物と言えよう。

「あ、が、学院長！　そ、その、ええと……多分ダメなんじゃないかなーと思うんですけど……ウチの生徒達が、すごいことを提案してきまして……」

「とにかく、話してもらえますかな」

「あっ、そ、それでしたら、私が話すよりも、直接生徒達から、話を聞いてもらった方がよろしいかと……」

カーは遠話器を、シド・ロウシャ学院長に手渡した。

「ふむ、それもそうですのう。……ふむ、ケニー・ド・ラック君じゃの。儂じゃ、シド・ロウシャじゃよ。カー先生が困惑しておっての、儂が話を聞かせてもらおうと思っての」

ドキドキしながら、カーはシド・ロウシャ学院長の反応を見守る。

「ふぉっ⁉」

シド・ロウシャ学院長が素っ頓狂な声を上げ、周りにいる教師達が何事かと注目した。

分かる。そうですよねー……と、内容を知っているカーには、シド・ロウシャ学院長の反応は当然のモノだった。

ただ、高齢であるし、心臓が止まったりしないかと、それはちょっと心配であった。

シド・ロウシャ学院長とケニーの話は続き、やがて学院長の表情は悪戯小僧のようなそれに、変わっていった。

「ふぉっふぉっふぉ、面白いことを考える。よろしい、やってみるとよい」

そうして許可を出し、シド・ロウシャ学院長は遠話器を切った。

「い、いいんですか、学院長⁉」

「構わぬよ。この周辺のダンジョンの権利は学院にある」

「ですけど……それなら普通、会議か何かで決定するモノなのでは……？　ウチの生徒達の提案なので、ありがたいお話ではあるのですが……」

「ふぉっふぉっふぉ、よいのじゃよ。そもそもこの島を学院が買い取ったのは、数十年前。表向きはそういうことになっておるがの、実は当時冒険者じゃった若き魔術師が大きな功績をあげてのう、褒美にともろうたもんじゃ」

シド・ロウシャ学院長は、遠い目をした。

「……あの、その話の流れですと、その若き魔術師というのは……」

「自分のモノなんじゃから、自分でどうするか決めようと自由じゃろ?」

ニィッと愉快そうに笑う、シド・ロウシャ学院長であった。

◇◇◇

ディン・オーエンは、つい先日、戦闘魔術科から移籍した生活魔術師だ。

急な呼び出しで、『船の墓場』と呼ばれるダンジョンの前に来たのだが、ケニー・ド・ラックの話はちょっと、信じがたいモノだった。

「さ、許可も得たし、始めるとするか」

「そりゃいいですけど……マジですか?」

一応、一通りの話は聞かせてもらったが、いまだにちょっと理解しがたい内容だったので、念のため確認してみた。

「マジもマジ。あ、そういえばディン、ウチの他の生徒まだ完全に覚えきれてないよな?」

「す、すみません。ちょっと人見知りする性質(タチ)で……」

「いや、いいって気にするな。人の顔を覚えるのが苦手な奴もいるし、少しずつ知っていけばいいんだ。じゃあとりあえず、もう動いてくれている二人を紹介するぞ」

「はい」

『船の墓場』は既に解体が始まり、周囲にはいくつもの板きれが散らばっている。海中ということともあり、高所への移動も泳いで行っているようだ。また、重い物もかなり軽くなる。

それも込みで、赤銅色の肌の青年は、明らかに人間とは思えない膂力で、次から次へと船を解体していた。よく見ると実際人間ではなく、額に角を生やした鬼族だった。

「このデカい鬼族はハッシュ。物質の重さを変える軽減魔術を使う」

「オ、オス。よろしくッス」

巨大な材木を担ぎながら、ペコリと頭を下げてきた。

手の平の光っている部分が、軽減魔術の発動している部分なのだろう。

「べ、便利そうですね」

「ウス。生活魔術は、魔力少ないオイラ達、鬼族でも使える魔術なんス。便利ッス」

ハッシュはどこか挙動不審というか、何か違和感があるなと思ったら、そうか、目を合わせないんだとディンは気付いた。

「悪いな。コイツ、少し人見知りするんだ。だけど悪い奴じゃないから」

「は、はい。どうぞ、よろしくお願いします」

「ウス」

ディンもあまり人と話をするのは得意ではないので、何だか親近感を抱いてしまった。

ハッシュと握手をしていると、小さな手がもう一つ、重ねられてきた。

緑色の髪の、人懐っこそうな草妖精だ。

「やあやあ、二人ともそんなに硬くならないで。同じ生活魔術科なんだし、ここは握手じゃなくグワッとハグでもしたらどうかな。お互い全力で！」

「ディンさん死んじゃうッスよ⁉」

「鬼族の全力抱擁とか、圧死しちゃいますよ⁉」

ハッシュとディンは、ほぼ同時に突っ込んだ。

「ん、相思相愛？　大変結構。ボクの名前はコロン。種族は草妖精。旅と歌とご飯を愛する時計職人さ！」

クルリとその場で一回転すると、ビシッと親指を立ててポーズを決めた。

「い、いや、オイラ存じ上げてるッス。挨拶するならディン君の方ッスよ」

コロンの大きな瞳が、ディンに向けられた。

「ハグいる？」

「……結構です」

「まあ、旅も歌もご飯も時計作りとはあまり関係ないけど、気にしないでいいよ。ボクも気にしない。それにしてもケニーは、面白いことを考えるよねえ？　そうは思わないかい、ミスター・ディン」

ものすごい早口で尋ねられ、内容を把握するよりとりあえずディンは頷いておいた。

「ま、まあ、そうですね……船を造るとか、いや、海を移動するならすごく楽になるとは思いますけど」

「うんうん。レンタルのボートじゃ、移動できる範囲も限られるからね。あ、ボクが使う魔術は

『構造把握』と『集中』の魔術だ。『構造把握』は物質の構造を把握する魔術で、『集中』は集中する魔術だ」

「……ええと」

「答えになってないね！　知ってた！」

アッハッハ、とコロンは笑った。

彼女は説明が下手くそだということは、ディンにも分かった。

代わりに、ハッシュが説明した。

「例えば時計ならその複雑な構造を、触れただけで把握できるのが『構造把握』の魔術ッス。冒険者で言えば宝箱に罠が仕掛けられているかどうか、すぐに分かるッスね」

「あーっ！　ボクが説明しようとしてるのに、ハッシュ君が横取りした！　カレットちゃんに言いつけてやる！」

「い、いや、そこでカレットさんが出てくるのが、よく分からないッスけどややこしいことになりそうなんで勘弁してほしいッス！」

「よーし、なら今度『第四食堂』でカツサンドを買ってくるように。激戦区だから並大抵の戦闘力じゃ手に入らないぞー！」

「いや、あの、えっと……それって、ケニー君に頼めば普通に買えるんじゃ……」

『第四食堂』はそもそも生活魔術科が運営しているので、ディンとしては普通に取り置きが可能なのではないかと思うのだった。

「あまーい！　労せず手に入れたパンと戦って手に入れたパンでは味が違うのだよ味が！」

「……戦ってないだろ、コロン」

使いっ走りに買いに行かせておいて、戦いも競いも何もないモノであった。

しかしそんなケニーの指摘も、コロンは嬉しそうだった。

「そのツッコミが欲しかったよ、ケニー君！　見たかい、ハッシュ君、ディン君。君達に足りないのはこれだよ！」

「は、はあ……」

「ど、どうしろと……」

非難された二人は戸惑った。

「そもそもコロンの魔術は、口で説明しづらい魔術なんだし、一回体験させればいいだろ」

「あ、なるほど。確かに言われてみれば。よしやってみよう。ほらディン君お手」

「あの、犬じゃないんですけど」

「犬っぽいからもうお手でいいでしょ。とにかく、手を出す。出さないなら無理矢理繋ぐ」

ディンが返事をするより早く、コロンがディンの右手を取った。

「まあ、簡単な体験だね。いくよー？」

コロンが、倒れている船体に手を当てた。

「う、わ……!?」

その途端、ディンの頭に船の構造が流れ込んできたのだ。

船全体の形、区画はどのように分けられているのか、どこが壊れているのか……。

「これが、『構造把握』の魔術だよ。理解できたかな？」

「う、うん……え、これ、ダンジョンのマッピング、ほとんどいらないんじゃ……」

「効果が及ぶ範囲に制限があるからね。そこまで万能じゃないよ」

「でも、閉じた扉の向こうでの待ち伏せや、さっき言ってた宝箱の解錠……そういうのじゃ、すごく便利かも」

「そうだろうそうだろう、もっと褒めてくれていいんだよ。あっはっは！」

「あまり、調子に乗るな」

ケニーの声と共に、黒いトゲの塊が飛んできた。

「っ⁉」

一瞬何か分からなかったが、ウニだ。それがこちらに向かって放物線を描いてやってくる。

ディンには当たらないのが分かる。

ひどくゆっくりに感じられるが、別に時間の流れが変わった訳じゃない。

ただ思考はおそろしくクリアで、避けるか受けるか返すか、無数の選択肢を選べるだけの余裕があった。

「おりゃ！」

そしてウニを蹴り返したのは、コロンだった。

「ディン、今のが『集中』魔術だ」

「あ……」

そうか、今の不思議な感覚は魔術によるモノだったのかと、ディンはようやく思い至った。

『集中』魔術は、小さく細やかなモノも鮮明に捉えることができ、またあらゆる動きがスローモーションになったかのような感覚を得られ、精密な作業が可能になる魔術だ。傍目には何の変化もない、ある意味ディンの測定魔術に似ているな」

「今度はケニー君に説明取られた⁉」

コロンが抗議するが、実際ケニーの説明よりも今さっきの超感覚の体験の方が、よっぽど分かりやすかった。

「説明料金に懐中時計一つよこせ」

「しかも請求された！」

「まあ、コロンはこういう濃い奴だから、ディンもさすがに覚えたと思う」

「す、素直に答えていいモノかどうか……」

確かに、コロンの性格は濃い部類だろうが、正直に言ったら間違いなくとばっちりが来そうだった。

「ちなみに他にもえらく濃いのがいるが、それはまた別の機会にさせてもらおう。とにかく作業だ作業。リオンがお待ちかねだぞ」

ケニーの案内で、ディンはいくつもの船の中心に立ち尽くす、リオンの元に向かった。

「えっと……特に待ってないよ。船の残留思念さんとお話ししてたし」

ユラユラと海藻のように身体を揺らしながら、リオンは虚ろな瞳で答えた。

ケニーの説明によると、何やらトランス状態にあるのだという。

「……あの、ナチュラルにとんでもないこと、言ってるんですけど。リオンさんって多分、心霊魔術もいけますよね？」

「魔女の弟子だからな。これぐらいはまあ、できても不思議じゃない」

魔女は、現代の系統が整理された魔術師とは少し違う。魔術師よりも古く、どちらかといえば呪(まじな)いに特化しているのだ。星を詠み、薬草を煎じて様々な薬を作り、獣憑(つ)きを祓(はら)う。

リオンの、様々な使い魔を召喚する力も、師匠である老魔女から教わったモノだという。

「残留思念さんも手伝ってくれるって。だから大分楽になるよー」

リオンが手を広げると、周りの船の残骸が導かれるように動き始めた。

自らの船体を分解し、破損した部品は同じく破損した部品と合わさることで、使用可能と思しき部品となったりするのだった。

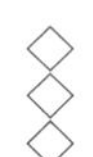

『船の墓場』の奥に進んでいたソーコが戻ってきた。

「ケニー、ちょっといい？」

「ああ、どうした？　何かトラブル発生か」

「トラブルといえば間違いなく、そうね。船の残骸の底から、人間が出てきたの」

「……死体が？」

ケニーの問いに、ソーコは首を振った。

「生きた人間が」

「……なるほど、そりゃ間違いなくトラブルだ。しかも尋常じゃない」

「そうよね。白骨死体が出てきたとかならともかく、まさかの生身よ。しかも海の中なのに、まるで普通に呼吸してるみたいにしてるの。今は眠ってるみたいだけど、本当に、普通に眠ってるだけみたいなの」

そんな愉快な存在を放置しておく訳にもいかない。

ケニーはソーコに、その『生きた人間』のいる場所に案内してもらった。

ただ、ソーコの話と違うのは、『彼』は眠っていなかった。

「ふぁーあ……」

上体を起こし、大きく伸びをした。

髪も髭も伸び放題で、衣服はといえば腰の辺りに残骸がある程度。パッと見、『遭難者』という単語から導き出されるイメージに近いが、遭難しているには暢気(のんき)すぎる。

「……おい、水中で欠伸(あくび)したぞ」

「実は魚人族とか？　首にエラとかない？　指の間に水かきとか」

エラはないし、水かきもなかった。

「んぅ……？　こんな海の底に人間が何人もいるなんて珍しいな。代表は誰だい？　オレ様はスターク。ごく平凡な人間さ」

胡座を掻きながら、スタークは気さくに手を振った。その声は、ケニーの想像よりかなり若かった。少なくとも二十代後半ぐらいはいってそうだったのに、実際はケニー達と同年代といったところか。その割に喋り方は妙に尊大で、本来の年齢が掴みづらい。

ただ、平凡な人間はこんな海底で寝ていたりしないし、海中で普通に会話なんてできない。

「ははは、絶対嘘だって顔してるな。まあ、そっちもオレ様に色々と聞きたいことがあるだろうし、こっちも質問がある。まずは簡単なところから聞こう。今は何年だ？　暦の概念があればの話だが」

「ああ、今は……」

ケニーは今が何年の何月かを伝えた。

ついでに国の名前とイスナン島、近くにある魚人島ウォーメンのことも教えた。

「ほほう……ザッと数百年ってところか。随分と長く眠ったな……おっと、いかん」

スタークは胡座を解いて、立ち上がった。

「え？」

ソーコはキョトンとしていた。

「全員待避しろ！　ヤベえ！」

ソーコを抱きかかえるより早く、ケニーの身体は弾力のある何かに巻き付かれた。見ると、ソーコも同じで太いロープ、いやあれは触手だ。触手が身体に巻き付き、すさまじい勢いで船の残骸を破壊しながら、後退していた。

ケニーが触手の元を追うと、そこにはスタークの両腕があった。つまり、両腕を触手化したスタークが、ケニーとソーコをあの場から、緊急避難させてくれたということか。

そして自分達がさっきまでいたと思しき場所からは、スタークのそれとは比べ物にならないほど巨大な触手が大量に、まるで間欠泉のように噴き出していた。

「ひゃあっ⁉　な、な、何ですかその腕⁉」

「な、何⁉　タコ？　イカ？　イソギンチャク⁉」

どうやら相当遠くまで離れたらしく、船の残骸と交信していたリオンや鬼族のハッシュがすぐ近くにいた。

「強いていうならオレ様はタコであれはイカだな」

ケニーとソーコの拘束が解かれ、スタークの腕が元に戻っていく。

ケニーは地の底から吐き出されてくる、巨大な触手の群れに視線を戻した。

頭に浮かぶのは、この『船の墓場』の成り立ちだった。

「おいおい、この巨体に大量の触手……まさか、コイツっていくつも船を沈めてきたっていう怪物なんじゃ……」

「ほう、知ってるのか。なら話は早い。見りゃ分かるだろうが、人間が手に負える代物じゃねえ。そらそら、若いモンはさっさと逃げろ。コイツはオレ様が相手になる」

スタークは手をヒラヒラさせ、ケニー達を退散させようとする。

しかしケニーはその場に踏みとどまった。見ると、ソーコも同じようだし、リオンはそんなケニー達を心配そうに見ていた。ちなみにハッシュは逃げたそうだ。

「そうしてくれるのはありがたいけど、このまま暴れられると俺達としても困るんだよ」

「何でだ？」

「沈められた船で、新しい船造ってる最中だから」

スタークに、腹を抱えて笑われた。

「ははははは！　正気か、少年!?　このままだと本当に死ぬぞ？」

「死ぬつもりはないし、自分の身ぐらいは自分達で守るさ。だろ、ソーコ」

「……ちょっと、そこで私をアテにするのはどうなのよ？」

ソーコが泳いで近付いてくる。

「止めるぐらいはできるけど、この大きさだとソーコの方が向いてるだろ？　あ、こりゃダメだ。話は後回しだな」

「ダメなのは話の方かよ！　しかしまあ、正論ではある！　まずはコイツを何とかしねえとな！」

まるで大木のような触手が、叩きつけられてきた。

大きな土煙が上がる。あまりに大きかったから、今は避けることができたがマズいな、とケニーは考えた。何しろ場所は海中、ここ数日で慣れてきたとはいえ、走っての回避よりも、泳いだ方が効率的だったりと、やはり地上とは勝手が違う。

「一応警告しとくぞ。絡め取られるのはもちろん、下手に接触したらそれだけでミンチだ」

見れば分かるよそんなもん、とケニーは内心突っ込んだ。

一人も仕留められなかったのが不満だったのか、地面に胴体を這わせたまま、触手の先端が探るように蠢いている。

その動作に気を取られる、ケニーではなかった。二本目の触手が横薙ぎに、そして三本目が槍のように迫ってきていた。海中での立体機動は不慣れではあるが、回避する方向に上下が加わるのは大きなメリットだ。

かろうじてそれらも避け、スタークに近付いた。

「状況から考えてアンタ、この怪物を封印してたんだよな⁉　いくら何でも力量差がありすぎないか⁉」

触手から視線を外さないまま、スタークは肩を竦めた。

「無茶を言うねえ。いいか？　奴もオレ様も今の主なエネルギー源は、実は海水なんだ。身体全体で海水を吸収して、それを力に換えている。さて、簡単な質問だ。大きなスポンジと小さなスポンジ、この場合、どっちがより水分を吸収できると思う？」

「ちょっと、その理屈だとここにいる限り、アイツに勝てる気しないんだけど⁉」

「まあな」

ソーコは一応『空間遮断』で触手を切断しているのだが、相手は切った先から再生するのだ。しかも切断した方も、しばらくはその場でのたうち回るのだから、始末が悪い。

「ちなみに前に戦った時は、オレ様が全力で奴を絞り上げて封印したんだが、今はオレ様にその力がない」

　ハッハッハァーと、スタークは何を威張っているのか胸を張って笑っていた。あるいはただの自棄（やけ）なのかもしれない。

「詰んでるんじゃないの、それ」

　ソーコが白い目をスタークに向けた。

「まあ、割とマズいな。オレ様は死なない自信があるが、このままだと周りに大きな被害が出るだろう。そういえば、この辺って人、住んでるんだよな？」

「それなりにいるわね」

　イスナン島、魚人島ウォーメン、それにこの海底神殿に探索に訪れている魔術学院の生徒達。ここは海底神殿でも僻地（へきち）だからまだ大きな被害が及んでいないが、この触手が暴れ出したら間違いなく、大きな被害が出る。

　ケニーは頭の中で、対策を組み立てた。

「じゃあ、ここで何とかするしかないだろうな。弱点も分かったことだし」

　状況は甚だ悪いが、絶望的ではない。

「ほう？　言ってみろ」

「力の源が海水ってことは、海水がないところなら力がでないってことだろ？　もしくは体内に蓄えた力が限界だ。なら、この海中から引きずり出せばいい。ソーコ、頼りにしてるぞ」

「……何するかは分かったわ。でも現状では無理よ。こんな広範囲に蠢いてる触手じゃ、隔離しきれないわ」

「隔離？　おいおい、何の話をしてるんだ？」

スタークが触手を避けながら、聞いてきた。

ケニーも『ハンドジェスチャー』を使って、迫ってくる触手を止める。しかし別方向から攻めてくる触手には効果が及ばないので、あくまで一時的な対処にしかなりそうにない。

「ソーコは時空魔術を使う。アイツを亜空間に隔離すれば、それ以上の力は発揮できないだろうし、被害も抑えられるって話だよ」

「それはまた……できるのか、嬢ちゃん」

「条件付きでね。少なくとも、本体に姿を現してもらわないと困るわ」

本体が姿を晒すのが最低レベル。またこの規模の相手となると、広範囲用の結界が必要になってくる。結界があってもソーコの負担は相当に大きくなるだろう。

「……まさかあの触手全部が本体なんてことはないわよね？」

「そこは心配しなくていい。ちゃんと頭が存在する」

「そりゃまだ、地面の底……なんだろうな。そこは引きずり出すしかないだろ」

だけど、さすがにこりゃどうすりゃいいんだ？　とケニーが頭を悩ませていると、不意にリオンの念話が届いてきた。

「ケニー君、ソーコちゃん、使い魔できたよー！」

振り返ると、リオンが大きな白いイカにしがみつきながら、近付いてきていた。身体を伸び縮みさせ、機敏に泳いでいる。

「ちょ、リオンいつの間に⁉」

ソーコもとっさにイカに掴まり、迫ってきた触手を回避した。

「え、だって何とかするんでしょ？　元々使い魔と契約するためにここに来てたんだし、その用意はしてあったんだよ。……まさか、こんな子になるとは思わなかったけどね。あ、名前は『毛糸玉（ツナマル）』だよ」

まあ、確かにそもそもこの『船の墓場』を訪れていた理由は、使い魔との契約だったが……この大きな白いイカ――『毛糸玉（ツナマル）』はまさか、ソーコが切断した巨大触手の先端から生み出されたのだろうか。

「またずいぶんと太い綱ね……」

ソーコも呆れている。

ケニーはその間も考え続ける。自分とスターク、ソーコだけでは手が足りない。

リオンも加わったが、まずあのイカの本体を引きずり出すには力不足だ。

高い火力が必要で……うってつけの人材が、すぐ傍にいたことを思い出した。

ケニーは急いで後方に下がり、岩陰に身を隠していたディンに近付いた。多分どうしたらいいのか分からなくてこの位置にいたのだろうが、いてくれただけでも御の字だ。

「ディン！」

「な、何？」

ケニーはディンの両肩に、手を置いた。

「久しぶりに、手加減抜きで攻撃魔術ぶっ放してみないか？」

ケニーは手短に、ディンに手順を説明した。

聞き終えたディンの頬が引きつった。

「……それ一発で僕、多分気絶するんだけど」

「そこら辺はこっちでフォローする。必要なのは、あの化物を挑発できる高火力だ。倒せりゃ御の字なんだが……」

触手の太さから考えて、穴の奥に潜んでいる本体はちょっとした島ぐらいの大きさがあるとみていいだろう。

ぶんぶんとディンは首を振った。

「ごめん、さすがにそれは無理だと思う」

「だろうな。元戦闘魔術科として、何か意見はあるか？」

「手加減なしって言うけど、むしろ範囲は『測定』を使って魔力をきっかりゼロ、使い切る方が効率的だろうね。それと無闇に大きくするより絞った方が威力は高い。加えていえば、障害物は少ないに越したことはないかな」

「充分だ。さすが」

「い、いや、それほどでも……」

「つまり、ダイレクトに攻撃を当てられるなら、それが一番ってことか。……で、コロン」

ひょい、とまた岩陰から、草妖精のコロンが現れた。

「ほいほい、聞いてたよー。それにしてもケニー君鬼畜だよねー。か弱い女の子を、あんな物騒なところに連れていくなんてさー」

どうやら、ケニーが何をしてほしいのか、察してくれているようだ。助かる。

「他の奴ならもうちょっと考えるけどな。お前ならできるだろ？」

「しょーがないなー。デラックスカツサンド一ヶ月無料で、手を打ってあげよう」

「いいだろう。飲み物もつけてやる」

「わお、太っ腹。俄然やる気が出てきちゃったよ」

言って、コロンは岩陰から飛び出した。

「コ、コロンさん!?　ケニー君、大丈夫なんですか？」

「問題ない。アイツの魔術ならな」

「あ……『構造把握』」


コロンは、上下左右から襲い掛かる触手を紙一重で避け、船の残骸の山まで到達した。

「大分、中の構造が変わっちゃってるけど……」

コロンは、船の残骸に手を当てた。

手から魔力の青白い光が広がり、地面に流れ込んでいく。

「……うん、この穴なら直接本体に届くね。出てきてくれるかまでは、保証できないけど」

コロンは、ケニー達に向かって瓦礫と瓦礫の隙間を指差すと、そのまま触手の攻撃範囲から急いで離れた。目的は果たしたので、わざわざケニー達のところに戻る必要はない。

「じゃあディンは射撃位置について……って、俺の指示なんて必要ないか」

ディンは岩陰から浮上し、大きな岩の上に移動しようとしていた。

触手の圏内ではあるが、前線にいるソーコやスタークに比べれば襲ってくる触手の数も少ないし、何よりある程度近付かなければ、攻撃も効果が薄い。

ディンを見届けてから、ケニーは前線に戻った。

スタークはケニーをチラッと見ただけで、再び触手の回避に専念する。

「わざわざ、戻る必要はなかったんだがな」

「囮は多い方がいいでしょ」

「そりゃ、もっともだ」

岩の上に到達したディンは、手に魔力を集めた。

属性は無し、魔力そのモノを凝縮し、コロンが指摘した船の残骸の隙間に、狙いを定める。

「よいっしょおっ‼」

そして、太く白い光線がディンの手の平から発射された。回転を加えた高密度の魔力放出が、あっという間にディンの体内に溜められた魔力をゼロにする。

光線は狙い違わず、隙間へと打ち込まれた。大きな震動が、船の残骸と地面を揺らす。

直後、暴れ回っていた触手が震え、動きを止めた。

「あと、よろしくぅ……」

ディンはそれだけ言うと、気を失った。

触手が動きを止めたのはほんのわずか、すぐに活動を再開した。

瓦礫を掻き分け、巨大なイカがその姿を現した。左の目が潰れ、そこから青い血が流れている。

残った右目がギョロリと動き、海中に浮かぶディンを捉えていた。

触手の一本が、海水を掻き分け、おそろしい速度でディンを貫こうとする。

「まあ当然、ディン君を狙うッスよね」

触手の先端とディンの間に割って入ったのは、鬼族のハッシュだった。

パンッと、触手を横殴りに叩いた。いくら鬼族といえど、あの大質量を素で受け流せるほどの力はない。『軽減化』の魔術によって、触手の威力を減退させたのだ。

「分かってるなら、やりようはあるッス……といってもオイラ魔力少ないから、程々にしといてほしいッスね」

「行って、『毛糸玉（ツナマル）』！」

リオンの使い魔が、イカ本体に絡みつく。

しかしイカ自体があまりに大きく、半分ほども覆えない。

「嬢ちゃん無理するな。残りはオレ様が担当してやる」

「ありがとうございますって、えええ⁉」

スタークが両腕両足を触手に変えた。胴体も変質し、膨張していく。イカには及ばないまでも巨大なタコと化したスタークが、イカに絡みついていく。当然イカも暴れるが、その動きはもはや無秩序で、手当たり次第に瓦礫を破壊し、地面を叩き、岩を砕いていく。

ケニーは手をかざした。

「『動くな』」

ケニーの『ハンドジェスチャー』により、一瞬イカの動きが強ばった。

「ソーコ」

「分かってるわよ。ここまでお膳立てしてもらって、できませんでしたじゃ格好付かないわ。全員着地に気を付けてよ！」

土煙の中から、ソーコが出現する。そして小さな両手をパンと合わせた。

「『収納・極大』」

地面に青白い光線が四方へと走り、角から海上へと伸びていく。

そして再び四方へ伸びた線が繋がり、巨大な枠を作りだした。

直後、海自体が消え、ただただ真っ白い空間にケニー達は放り出された。

ソーコの時空魔術による亜空間の中だ。

「おおっ⁉」

「わ、わわ……っ⁉」

いきなり重力も戻り、純白の地面へと落下していく。

巨大なタコと化していたスタークは絡みついていたイカと共に倒れ、リオンは使い魔の『毛糸玉（ツナマル）』が触手を一本伸ばし、地面に叩きつけられるのを防いだ。

ケニーは幸い、一メルトの高さしか浮いていなかったので、普通に着地した。

イカはスタークと『毛糸玉（ツナマル）』を振り解こうと、必死にもがく。

いや、あまりの暴れぶりに、二体は引き剥がされた。

この何もない空間に転移した原因が誰にあるのかを判断する知能はあるらしく、ギョロリとした目をソーコに向けた。そして怒りで赤く膨らんだ巨体から、何本もの触手を射出した。

「まだまだ元気そうね。でも、これならどうかしら」

ソーコが指を鳴らした。

直後、ケニー達は再び、海の中に引き戻された。

鼻に海水が入り、危うく溺れそうになった。

しばらくして亜空間から戻ってきたソーコ曰く、

「あの空間の温度を下げて、凍らせてきたわ」

という話だった。

ソーコに別の亜空間を用意してもらい、ケニー達は一時的にそこで休むことにした。

『船の墓場』は解体され、ダンジョンコアが残った。

ダンジョンコアは、ダンジョンがダンジョンであるために必要な魔力の塊だ。

「……な、何かダンジョンコア、大きくない？」

リオンが、赤子ほどもあるダンジョンコアを抱え上げた。

「そうだな。これだけのデカさがあったら、モンスターももっと強いのが発生していたはずなんだが……」

低ランクのダンジョンなら、ダンジョンコアはもっと小さいはずだ。せいぜい、手に収まるサイズが一般的とされていると、ケニーは冒険者ギルドの資料で読んだことがあった。

スタークが、ボリボリと自分の頭を掻きながら、ダンジョンコアを指差した。

「あー、それは奴のせいだな。元々、ダンジョンコアが成長するはずの魔力を、今までは奴が吸収していたんだ。あとオレ様もな。奴を倒したから、その魔力が一気にダンジョンコアを育てたんだろう」

「ど、どうしようこれ？」

扱いに困り、リオンが周りを見渡す。

「まさか、置いとく訳にもいかないだろ。ソーコ、保管を頼む」

「そうしといた方がよさそうね。あとで学院長に説明しましょ」

そしてケニーは、大の字に寝転んでいるスタークに顔を向けた。

「でまあ話の続きだけどさ、そもそも、貴方と『アレ』は一体、何者なんだ？」

変身したせいなのか、スタークの顔からは髭がなくなり、髪も短くなっていた。

こうしてみると、ケニー達とさして変わらない年頃の顔つきだ。

「強いていえば、古い古い異界の神の分身ってところかねえ。アレも同族……といっても、ミノタウロスとケンタウロスぐらい違うがね」

スタークは皮肉っぽく笑った。

「与太話とでも思って聞いてくれればいいさ。始祖は古代の民に召喚された神だったらしい。何やら願い事、国を繁栄させるんだか、余所の神を倒すためだか知らないが、とにかく願いを叶えた。そうするとお役御免で、元の世界に戻るんだか、戻ることになる訳だが、その一方でこっちの世界も気に入った。だからこの神は、二つに分かれた。こちらに残る神と、異界に戻る神だ」

スタークは一度合わせた手を、二つに分けた。

そして握った右手を、大きく開いた。

「そしてこちらに残った神もまた歳月を経て、分裂した。いい加減眠りにつきたい神、あてもなく旅をしたい神、ひたすらに飯を食いたい神……それがオレ様や奴ってことだな」

指を二本ヒラヒラとさせる。

「アレを邪神と呼ぶか破壊神と呼ぶかは人それぞれだろうが、そもそものオレ様達に名前はない。まあ、オレ様は人と触れることもあったから便宜上、スタークと名乗っているがね」

「それで、その神様の分身は今後、どうするつもりだ？」

ゴロリ、と身体を横にし、スタークは難しい顔をした。

「どうしたものかねえ……長いことアイツを封印し続けてたけど、特に目的なんてないんだよな。まあ、数百年経った世界ってのにも興味がある。ひとまずは、お前達と一緒にいさせてもらうさ。何、ただでとは言わない。これでも神の一部だ。祈れば、それなりの御利益があるってもんだぜ」

「具体的には？」

「海運祈願とか？」

「……おい、説得力が微塵もないぞ」

この亜空間を出れば、スタークが長らく眠っていた『船の墓場』である。

「あとはそうだな、釣りをすれば爆釣だし、船を出せば間違いなく大漁とかな」

「……島の漁師には気に入られそうだな。まあ、いいや。何にしろ俺達はまだここですることがあるから、島に戻るのはまだ少し先になるぞ？　といってもさすがに日が暮れる前には片付けるつもりだけど」

「さっき言ってた、船の残骸で新しい船を造るってヤツか？」

「ああ」

「ぶははははは！　馬鹿だ、馬鹿がいる！」

「……リオン、どうしよう。馬鹿にされてるのに、納得しちゃってる自分がいるわ」

さすがに自分達のやっていることを自覚しているせいか、ソーコも怒りようがない。

「まあ、本当に何してるんだろうねえって作業だもんね」

「よーし、そういうことならオレ様も手伝ってやろう。見ての通り、手の数は有り余っているからな！」

「そいつは助かる。思ったより早く、船も出来上がりそうだ」

船体のパーツの分解はほぼ済んでいたし、触手化したスタークの協力もあって、夕暮れ前には船は完成した。

夕日を背に浮かぶ船を見て、皆微妙な顔をした。

「……おかしいな。素材は厳選したし、帆だって穴一つ空いていないはずなのに、なんでこう、どこまでも幽霊船になったんだ……？」

「そうね……何だか幽鬼めいた雰囲気を感じるわ。ところでこれ、港に入れるの？」

「……何か、拒否されそうな気がするね。お船さんには気の毒だけど」

「なあ、ソーコ」

ケニーが声を掛けると、ソーコは額に手を当てて首を振った。

「あのね、ついさっき邪神相手に無茶した私に、さらに無茶言うのやめて」

「チッ、さすが考えていることはお見通しか」

この船を亜空間に入れられれば、事は大体丸く収まるが、さすがにあの巨大イカを入れ、さらに追加というのは厳しいらしい。

「もうちょっと小さければ、こっそり泊められたかもしれないのにね」

ポツリとリオンが口にした。

「小さく……？」

「コンパクトにっていうか、ああでももう、この形で出来上がっちゃってるもんねえ」

特に何の気なしに続けるリオン。

しかしその言葉が何かの引き金になったのか、ソーコは考え込んだ。

「コンパクト……そうか、亜空間に入らないのなら、入るように対象を縮めれば……」

「ソーコちゃん？」

声を掛けようとするリオンを、ケニーが止めた。

「シッ……何か、思いつきそうだ」

しばらくして、ソーコが顔を上げた。

「ケニー」

「ん？」

「前言撤回。何とか、できそうよ」

そして翌日。

イスナン島の海岸には、水着姿の魔術学院生徒達と、様々な種類の使い魔が集まっていた。

スピーカーからは、中継のアナウンスが流れている。

『さー、みんな朝食はしっかり食べたかな？　今日のイベント、使い魔レースは体力も大事だよー。もちろん使い魔もね！　レースのルールは単純明快。向こうにある小島をグルッと一周して、この砂浜まで戻ってくること！　空飛ぶ使い魔は、一定高度以上の飛行はルール違反になるので、その辺りもう一度確認しとくように！　なお、司会はわたし、カレット・ハンドがお送りします！　解説のシド・ロウシャ学院長、今日はよろしくお願いします』

『ふぉっふぉっふぉ、皆、速そうじゃのう。ところで生活魔術科は、何やら新しい使い魔と契約するという話を聞いておったのじゃが……どうにも見当たらぬのう？』

『むむ？　言われてみれば……』

スタートまであとわずか、というところで城下町から砂浜へ駆け下りてくる一団が現れた。

「いや、不覚だったな……まさか、全員寝坊とは……危ないところだった」

「やっぱりみんな、疲れてたからねえ……」

ケニー率いる、生活魔術師の一行だ。

それを見て、戦闘魔術科の一団から、からかう声が出た。

「何だ結局、生活魔術科は見学か？　観覧席はあっちだぜ？」

「見学じゃなくて、参加よ。使い魔なら今、出すわ」

海辺に近付いたソーコは、小さな船を手に乗せていた。

「あ？　何だそりゃオモチャか」

「オモチャじゃなくて、れっきとした船よ」

ソーコが船を海に浮かべると、船はどんどん大きくなって、見上げるほどの巨大な海賊船になった。

『おおっと何だあれは！　突然、海の上に巨大な海賊船！　いえ、アレは幽霊船でしょうか！　え、何？　ウチ……じゃない、生活魔術科の使い魔⁉』

そしてその海賊船に、生活魔術科の生徒達は乗り込んでいく。

そんな中、ゴリアス・オッシを先頭に、戦闘魔術科の生徒達が審判に詰め寄っていた。

「どう見たって船だろう？　あんなの使い魔として認められるはずがないだろう⁉」

「生物ですらないぞ？　あんなの、参加が許されるのか⁉」

しばらくすると、ガーゴイルが声を上げた。

『ではその疑問に答えよう。船というがあれはただの船ではない。己の意志を持つ幽霊船である。そしてゴーストを使役する魔術師は、心霊魔術科を筆頭に存在する。同じく無機物としてはゴーレムという例が存在する。こちらは錬金術科に多く、しかも船型のゴーレムとしてレースに登録している魔術師も既に存在している。生活魔術科の幽霊船を認めない場合、錬金術科のこれも許可できなくなる。もちろん、裁定役として、ゴーレムの参加は合法と判断している。故に、幽霊船もまた使い魔として認めざるを得ない』

参加者達の間から、どよめきが生じた。

「し、しかし、あんな大きな船は反則では」

なおも抗うオッシに、ガーゴイルは無情にも告げた。

『反則の項目に、使い魔の大きさに関する内容は存在しない。例えばここに巨大な海竜と契約した魔術師がいたとして、これが認められないということはない。よって、使い魔の大きさは不許可の事由とはなり得ないのだ』

「ぐっ……」

抗議していたオッシは、声を詰まらせた。

『何やら揉めていたようですが、生活魔術師科、レースへの参加が認められたようです』

船に乗り込んだケニーだったが、周りを見渡し一人足りないことに気が付いた。

「そういえばスタークはどこ行ったんだ？」

答えたのはリオンだ。

「あ、宿を出る時すれ違ったけど、地上の文明を楽しむって言ってたよ。……何か、島の食べ歩きをしたいとか言ってたけど」

「金、持ってないだろ」

「魚釣って、それを食糧の少ない魔術科に売りつけて、お金儲けたって言ってたよ」

「さすが神様の分身、タフだな……」

「だよね……」

『さあ、始まる前にちょっとしたトラブルがありましたが、いよいよスタートになります！　今、使い魔と共に各魔術科が一斉に……あ、あれ？　生活魔術科の幽霊船、いきなりコースを外れ……し、失格！　生活魔術科、スタート直後にコースアウトで失格です‼』

空砲の音と共に、魔術師を乗せた使い魔達が一斉に動き出した。そんな中、生活魔術科の幽霊船は、実況の言葉通り、目的の小島には進まず、まったく見当違いの方向へと進んだ。

明確なコースは存在しないのだが、東に進まなければならないレースで北や南に進めば、普通に失格である。ガーゴイルもそのように判定し、幽霊船の失格を告げた。

『ふぉ、制御できぬ使い魔の場合、こうした失格が多いのじゃ。ほれ、生活魔術科以外にも、何人かおるじゃろ』

シド・ロウシャ学院長の指摘通り、他にも、暴れて魔術師を振り落としそのまま泳ぎ去ってしまう使い魔や、いきなり猛スピードで飛び出したはいいがすぐにスタミナが切れてあっという間に後続の選手に追い抜かれる選手などがいた。

『あ、本当ですねー……あの、幽霊船どんどん小さくなっていきますけど、どこまで行っちゃうんでしょう』

『ふぅむ、いざという時には救難信号もあるし、心配は無用じゃろ』

『少し心配ですけど、まあ生活魔術科の生徒達ならどうにかしちゃうでしょう。では気を取り直して、レースの実況に戻りましょう！』

使い魔レースは、始まって一分も経たないうちに、失格という形で終わってしまった。

イスナン島がどんどんと遠ざかっていく。

「で、この船どこ行くのかしら」

「一応、この幽号（カスカ）と契約したのはソーコだろ。分からないのか」

ソーコは自分の左手の甲を見た。意識すると、淡く契約の紋章が浮かび上がってくる。

使い魔と契約することで、ある程度の意識の共有を図ることができるのだ。

「確かに幽号（カスカ）とは契約したけど、何考えてるかまで分からないわよ。どっちの方角に行きたいとか、そういうのがせいぜいね」

付き合いが長くなれば話は変わってくるけど、とソーコは付け加える。

「止めたりとかできないのか？」

「無理ね。今の幽号（カスカ）は興奮状態に近いわ」

「うーん、使い魔との意思伝達は、絆（きずな）が深まれば深まるほどスムーズにいくんだよ。つまり、ソーコちゃんと幽号（カスカ）はまだ、そこまでいってないってことだと思うよ」

こと使い魔に掛けては最も詳しいリオンが言うと、説得力があった。

「ということらしいわよ、ケニー。使い魔にかけては、ウチでの第一人者であるリオンが言うんだから間違いないわ」

「でも、ソーコちゃんが本気で拒絶したら止まると思うし、止める気ないんでしょ？」

「ええ、小さくしてた時から、何かそれっぽい意思は感じてたからね。ま、レースに参加したがってたケニーには悪いけど、このまま流れに従わせてもらうわ」

幽号の意思が、あまりに遠く離れた他国を目指すというのならさすがに話は違うが、ソーコが感じる船の意識は、それほど遠くない場所が目的地であることを伝えていた。

なので、幽号の意思に任せることにしたのだ。

ただ、レースが即座に失格になったのはさすがに予想外ではあったが。

しかしケニーは思ったより落ち込んでいないようだった。

「勝ちたくなかったかといわれれば、勝ちたかったけど、まあしょうがないんじゃないか？　使い魔の制御が利かず、失格ってのもそれはそれでありだ。色々反省点はあるが、一番大きな点は急突貫だったってことだな」

「……ダンジョン破壊したことじゃなかったんだ」

割とあれ、大ごとだったんじゃないかなぁ……と、リオンがボソッと呟いていた。

しかしケニーにしてみれば、船の完成度の方が問題だったようだ。

「そもそも去年は参加自体できなかったからな。押しつけられた仕事が大量にあってさ」

「そうだねぇ……あ、そういえばダンジョンコアの件ってどうなったの？」

「職員会議で協議中」

「まだ、私が保管してるわよ」

リオンの問いにケニーとソーコは答えた。

「ふーん、早く落ち着くと……何か、先に見えてきた。……小さな、山？」

船の進行方向を見て、リオンが呟く。

ソーコとケニーもその視線の先を追ってみたが、ただただ海しか広がっていなかった。

「……すごい視力だな、リオン。まだ俺には何も見えないぞ」

「山というより、ちょっと大きな岩の塊？　それに、周りは浅瀬みたいだから、このまま進んだら座礁しちゃうかもしれないよ。早く迂回しないと」

リオンの忠告通り、段々と周囲の海が浅くなってきているのが分かった。

座礁も問題だが、下手をすれば船底に穴が空いてしまう怖れもあった。幽霊船が沈没するのかどうか分からないが、もしそうだったら笑い話にもならない。

「そうね……って幽号（カスカ）、ちょっと私の意思、ちゃんと伝わってる？」

何となく、反応はある。けれど、止まる気配はまったくなかった。

「おい、マジでぶつかるぞ」

「分かってるわよ！　でも、幽号（カスカ）の動きに迷いがないのよ」

「……最悪、ハッシュに先行してもらって、強引に船の進行方向を変えてもらうか」

不安そうに浅瀬を覗（のぞ）いていたハッシュが、いきなり話を振られて慌てだした。

「ええええええ!?　オイラッスか!?」

「でも、何だろ……岩って感じしないんだよね。妙に現実感がないっていうか……」

一方、リオンは足下の甲板を凝視していた。

とっくに浅瀬に乗り上げているはずなのに、まったくその感触が伝わってこない。

そして、不意に顔を上げた。

「っ……!? これ、幻影だよ！」

「何？」

「だから、このまま進めるの。幽号が止まらないのも、きっとそのせいだよ。ほら、もう浅瀬に届いてるのに、普通に進めてる」

「ああ、うん、これ本来だったらとっくに座礁コースよね」

けれどやはりそんな気配はなく、何の問題もなく船は進み続けている。

リオンが言っていた岩の塊もいつの間にか迫っていて、なるほど小さな山のようだった。

「それで……この先には、何があるんだ？」

「それは……」

山は自然と二つに分かれ、船はさらにその奥に進んだ。ソーコ達の視界に広がるのは、環状に連なった大小の小山。老朽化した物見櫓や、山と山を結ぶいくつもの木の橋、おそらくもう使い物にならないであろう沈み掛けた船……その帆には、髑髏のマークが描かれていた。

すなわち、この幻影に隠されていた島は……。

「……海賊の根城？」

幽霊船・幽号(カスカ)は海賊島の中を進んでいく。

黄色からオレンジ、その間に太陽の色は近付いていた。

ノースフィア魔術学院の臨海学校・使い魔レースはまだ続いていた。

『さあ、太陽も傾き始め、残った選手もどんどんゴールしていきます。それにしても蓋を開けてみれば上位陣はほとんど、戦闘魔術科が占めてしまいましたねー』

既にゴールを終えた生徒達は、広げたシートに横たわったり、デッキチェアに座ってトロピカルドリンクを飲んだりして、休憩に入っていた。

まだゴールしていない選手も多く、使い魔と共に砂浜を目指し泳ぎ進んでいた。

『ふむ、やはり常日頃から、外で活動している魔術科と、学院内で研究をしている魔術科では、鍛え方が違うといったところかの。もちろん優れた使い魔の有無もあるじゃろうが、魔術師自身の体力もそれなりでなければこのレース、勝つことができぬのじゃよ』

『なるほどー』

そんなレースの邪魔をしないようにこっそりと、幽霊船・幽号(カスカ)はイスナン島の港に帰還した。

船を下りたケニーとソーコは砂浜に向かった。教師のほとんどが、使い魔レースの本部にいたのだ。目的は生活魔術科の科長であるカティ・カーだったが、真っ先にケニー達を見つけたのは戦闘魔術科の科長、ゴリアス・オッシだった。

「ほぼ半日の船旅の感想はどうだったかね、ケニー・ド・ラック。大きなトラブルに見舞われず、こちらとしてもホッとしているよ」

「ああ、それについてはレポートで提出しようと思っています」

ケニーが返すと、オッシは不愉快そうに眉を寄せた。

「……皮肉のつもりだったのだが、君には通用しないようだ」

「いや、皮肉だったってのには気付いてましたけど、レポート提出はマジですんで。あ、カー先生ちょっといいっすか」

オッシに構わず、ケニーは担任であるカーに声を掛けた。

ケニーとソーコの姿に、カーはホッと胸を撫で下ろしていた。

「ラック君、イナバさん、心配したんですよ？」

「ただ今戻りました」

「……一応、途中で連絡はしといたはずよね、ケニー？」

「それでも心配だったのには、違いありません。……あら、ラック君とイナバさんだけ？　他の船に乗ってた子達はどこに行ったんですか？」

「いや、それが……」

ケニーは自分達が発見したモノを、カーに報告した。

当然、周りには多くの教師がいて、彼らもその話を聞いていた。

そしてケニーの話が終わると、周囲は騒然となった。

「か、海賊島⁉」

「ええ、まあ、そうとしか呼びようのない島を発見しちゃいまして。あ、海賊がいたのはもうずっと昔らしくて、今は誰もいません。ほとんど遺跡みたいなもんです。リオン達は向こうに残って、調査してます。ただ、海賊島の発見の報告に、俺と船である幽号（カスカ）のマスターのソーコだけ、戻ってきたんですよ」

「さすがに泳いで戻るのは、きついものね」

ソーコは肩を竦めた。

「そ、そうですか。お疲れさまでした。でもリオンさん達、大丈夫なんですか？」

「宿泊用の道具はソーコに出しといてもらいましたし、フラムもいます。……事後承諾になりますけど、一応その申請も、お願いします」

「あ、はい。あとはガーゴイルさんへの報告ですね」

「はい。カー先生、学院長への説明を頼めますか。あ、これ経緯と現状分かってることのレポートです」

ソーコが亜空間から取り出した紙の束を、ケニーが指差した。

「分かりました。ありがとうございます」

カーが去り、ケニーは大きく息を吐いた。

「……さすがに、疲れた」

「……私もよ。さすがにあの島にすぐ戻るとかいうのは無しだからね」

「言うかよ、そんな余計に疲れること」

「ホッとしたわ」

ケニーとソーコは自分達の宿に戻ることにした。後にカーからの話で、『船の墓場のダンジョン攻略完了』と『海賊島の発見』に臨時の課題ポイントがついたことを知る、二人だった。

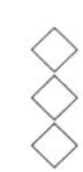

一方、使い魔レースの本部はまだ騒然としていた。そんな中、実況席に座っているシド・ロウシャ学院長に、ゴリアス・オッシが詰め寄っていた。
「学院長！　新たに発見されたという海賊島の探索ですが、そういう危険性のある任務でしたら、戦闘魔術科にお任せいただけないでしょうか。発見者であっても、さすがに生活魔術科には荷が重いかと思うのですがね」
「ふぉ、オッシ先生はいつにもまして、やる気じゃのう。しかし生活魔術科が頷くまいて。言うまでもなく海賊島に関わる全ての優先権は、彼らにある」
オッシの強引さに、シド・ロウシャ学院長の眉は垂れ下がり、微妙に迷惑そうな顔になっていた。まだ、実況は終わっていないのに、そういう話を持ってこられても困るのだ。

しかし、冷静さを欠いたオッシは気付く様子もなかった。

「ぐぬぬ……」

悔しそうなオッシの表情にふと、シド・ロウシャはあることを思い出した。

「ああ、それとオッシ先生には、ケニー・ド・ラック君から言伝があるのじゃよ」

「彼が？　一体、どういう内容ですか？」

「ふむ……『早い者勝ち、らしいですね』とあるぞ。先生、何か身に覚えが……ふぉっふぉっふぉ、ありそうな顔をしておるのう」

顔を真っ赤にしたゴリアス・オッシに、シド・ロウシャ学院長は愉快そうに笑った。

第三話　生活魔術師達、お化け屋敷を企画する

イスナン島の中央にある『城』の中にある大会議室、ノースフィア魔術学院の教師陣が楕円形のテーブルを囲んでいた。

……つい先日も似たようなシチュエーション経験したなあ、と思うカティ・カーであった。

議長を差し置いて、バンとテーブルを叩いて主張するのは戦闘魔術科の科長であるゴリアス・オッシであった。

「皆さん、お忙しいところをお集まりいただきまして、ありがとうございます。早速ですが、今回の議題についで話をさせていただきましょう。生活魔術科が発見した海賊島の処遇についてです。まずはカー先生の見解をお伺いしたい」

「え、私ですか？」

カーは自分を指差した。

「カー先生は、この場には貴方しかいません」

「そう言われましても……発見したのは、ケニー君達です。なので、彼らの意思を汲むべきだと私は思っています」

ちょうど定例会議のタイミングでもあったし、まず間違いなく海賊島のことは話題に出るだろうと、カーもある程度、予想はしていた。

いきなり出してきたことには驚いたが、それでもさほど慌てずに答えることができた。

「なるほどそれが、カー先生の見解ということですな」

「はい」

「では、私も意見を述べさせていただきたい。そもそも生活魔術科は、このノースフィア王立魔術学院に所属する一部門です。よって、発見された海賊島はこの魔術学院に帰属するのが妥当だと思うのですよ」

「はぁ」

「何より、発見されたのは海賊島です。先行して調査している生活魔術科の生徒達の話では、もう住んでいるモノはいないという話ですが、専門の訓練を受けた訳でもない。もしかするとモンスターが潜んでいる可能性だってあります。なのでこういう危険性を孕む探索は、まず我々戦闘魔術科にお任せ願えないだろうか？」

「つまり、探索は危ないからオッシ先生達に任せろと」

話は妙に長ったらしかったが、要約すればただそれだけだった。

「そういうことです。発見した生徒達の意思を尊重するカー先生のお考えは立派だとは思いますが、保護者の観点からもお考えいただけないだろうか。本当に、可愛い生徒達をそんな場所に置いておいていいのかどうか」

どうしましょう……と、カーは困った。心配しているのはその通りだが、認めるとそこから崩してかかるだろう。だから、どんな内容であろうとオッシ先生の言葉を、素直に肯定してはいけないと教え子であるケニー・ド・ラックから忠告されていた。

もしも返答に困った時は……。

「ふぉ。しかしのう、オッシ先生」

シド・ロウシャ学院長が、口を挟んできた。

ケニー・ド・ラックも言っていたのを、カーは思い出す。返答に困った時は、学院長に話を振るように、と。少なくとも、生活魔術科にも戦闘魔術科にも公平だし、それでカーに不利なことを言われたら、それはそれでしょうがない、とも。

ただしそれでカー先生が納得いかない場合は、もちろん反論するべき、とも言われていた。

「は、何でしょうかシド・ロウシャ学院長」

さすがに、この会議で一番発言力のある、シド・ロウシャ学院長の言葉ともなれば、ゴリアス・オッシも素直に聞くようだ。

「発見したのは生活魔術科ではあるが、その中でも中心となった三人は、冒険者登録を済ませておるの。そういう意味では素人ではない」

「む、それは承知しておりますが」

「冒険者ギルドの規定では、冒険者が発見した新たな遺跡や土地は、基本的にその冒険者の所有物となるとあるの。もっとも大体は、国が買い取ることになっておる。こうした場合、大きな金が動いたり、もしくは冒険者が所有権を有したままひとまず国の調査団を受け入れたりと、色々とあるようじゃが、こうしたケースにおいては当然、我ら魔術学院が口出しする余地はない。つまりの、この場合はケニー・ド・ラック達個人に委ねられるということじゃ」

「しかし、彼らは魔術学院の生徒です。加えて、彼らが発見したのは臨海学校のイベントの最中だったのですよ？」

それは、間違いない事実である。

「うむ、オッシ先生の言い分は分かった」

「ありがとうございます」

「しかし最終的に決めるのはやはり、生活魔術科の生徒達じゃの。オッシ君の主張も余すところなく伝えておくとしよう」

ぐ、とオッシは言葉を詰まらせた。やはり発見者の権利、というのは大きいようだ。

「そもそも彼らが、我々教師を頼るにせよ国と交渉するにせよ、事は新たな島の発見じゃ。既に国へも通達されておる。何百年も前の海賊島。何とも浪漫をそそられる場所ではないですか。おそらく海軍よりも考古学者の調査団が来るのではないかのう」

ふぉっふぉっふぉっと学院長は笑った。

「付け加えれば、その編成にも時間を必要とするじゃろうし、今日明日という話でもないじゃろう。少なくともこの臨海学校の間は、生活魔術科の預かりでよいのではないかのう？」

そんな面白そうな玩具、取り上げるのも酷じゃしの、とシド・ロウシャ学院長は呟いた。

「あ、ありがとうございます」

「っ……分かりました。ですが、島の危険性について私が指摘をした事実はお忘れなく」

悔しそうな顔をしながらも、ゴリアス・オッシは最後にそう付け加えた。

小さく咳をし、オッシは次の話題を振った。

「……では、次の議題について。各科が催すレクリエーションの最終報告をお願いしたい」

レクリエーションは、各魔術科単位で行うイベントだ。レクリエーションを行った、という実績には当然、参加した生徒達による評価によっても、課題ポイントが加算される。

「今更もう説明するまでもないが、これは希望制であり強制ではない。実際、戦闘魔術科で行うレクリエーションはない。単純に私が思いつかなかったのだがね」

そう言う割には、オッシには余裕があった。おそらく他のイベントで、巻き返す自信があるのだろう。特に海底神殿の攻略は、戦闘魔術科の独壇場といってもいい。

各魔術科の科長達が、それぞれの催し物を発表していく。

「幻術科は夜、花火を打ち上げようと思います。昨年の五割増しですよ」

「呪歌演奏科は例年通り、演奏会を行います。『城』の大広間が修復中とのことですから、中央の広場をお借りできますかな」

そのほとんどは既に本土の魔術学院での会議の時点で発表済みで、確認の色合いが強かった。

「『城』の修復といえば、有志による『お化け屋敷』の件です。今年は台風やモンスターの襲来により、一部施設が復旧作業中な上、用意していた物資が破損したりで中止になりそうです」

召喚魔術科の科長の発表に、会議室内に小さなため息が漏れた。

「それは残念ですな。毎年好評でしたのに」

オッシは、どこかわざとらしく首を振った。

そして生活魔術科の番が来た。

「えーと、生活魔術科も、実行側としてのイベントは不参加になります」

「ほほう、結構期待していたのですがね。ここの所、生活魔術科は上り調子のようですから」

幻術科科長の軽い挑発に、む、とカーは口をへの字にした。

「そうは言われましても。昨年まであちこちの裏方を担当してましして、技術はそれなりに身についてはいるのですが、自ら行うとなるとノウハウがないんです」

「……そう言いながら、また何か妙なことを考えてはおりませんでしょうな」

「オッシ先生、人聞きが悪すぎます」

どこか疑い深げな表情に、カーは肩を竦めた。

オッシは現在、課題ポイントでトップにいる戦闘魔術科の科長だ。

二位につけている生活魔術科の動向には、注意を払うのは当然だろう。

だが少なくとも今の時点では、本当に予定はないのだ……が。

「……まあ、一部生徒が時々、突拍子もないことを行うのは、否定できませんけど」

「自覚があるようで、大変結構ですな」

そして残る魔術科も発表を終え、レクリエーションに関する話し合いは終わった。

「ふぅむ、ひとまず出揃ったようじゃの。ではこれは噴水広場の掲示板に、貼り付けておくとしよう。ああ、もちろん飛び込み参加も歓迎じゃぞ」

その時、ノックの音がした。顔を出したのは、受付の女性職員だ。

「あの、生活魔術科のカー先生、お呼び出しです」

「え、あ、はい」

カーは立ち上がった。

通路で待っていたのは、ケニー・ド・ラックだった。

「ラック君、どうしたんですか？　職員会議っていうことは伝えていたと思うんですけど」

「ええ、それで内容は海賊島の件と、レクリエーションの件もあったんじゃないですか？」

「……まるで見てきたように言いますねぇ」

カーは苦笑いしかできなかった。

「それで、海賊島の件って、どうなりました？　いや、その結果が話の続きに関わるんで」

「……？　海賊島のことでしたら、当分は生活魔術科の預かりになりましたよ？」

「それはよかった。それでですね、レクリエーションの件なんですけど、海賊島が使えるなら、あそこでお化け屋敷を造ろうと思うんですよ。何でも台風とモンスターの襲来で、例年造られてるそれが今年は中止って聞きました」

予想外ではあったが、カーはそれほど驚かなかった。このタイミングで、ケニーが自分を会議から呼び出した時点で、何かあるとは思っていたのだ。

「また、いきなりですね。間に合うんですか？」

「カー先生、自分で言うのも何ですけど、カー先生の教え子達は、ダンジョンを解体して、幽霊船を造るなんていう訳の分からないことをする連中なんです」

さすがにカーも、ケニーに白い目を向けざるを得なかった。

「……ラック君、自分がその中心人物だってこと、先生ちゃんと覚えてますからね？」

そして小さく息を吐いた。

「でもまあ、モノを造るっていうノウハウに関しては、余所より優れているのは分かります。私も生活魔術科の科長ですし。でも、それでも間に合うんですか？」

「そう言われると思い、資料を用意してます。現在の進捗状況と、今後のスケジュールです」

ケニーはローブの下から、薄い紙の束を取り出した。

「どこまでも、用意周到ですね」

カーは書類を受け取り、軽く読み流した。

普通のやり方ならまず間に合わないだろうが、生活魔術科の生徒達が使う生活魔術を活かせば何とか間に合う準備の手順が記されている。

「この程度のことはしとかないと、許可されないかもしれませんから」

「……分かりました。見た感じ、問題はないようです」

そしてカーとしては、やる気のある生徒達の行動は、極力後押ししたいと思っている。

「許可は下りますか？」

「許可自体は大丈夫だと思いますよ。飛び込みか、そうでないかという程度の差です」

まだ会議は終わっていないから大丈夫かな？　と思うカーであった。

「じゃあ、お願いします。事前の通知があるとないとじゃ、宣伝力が違いますから。まあ、いざとなったら、カレットに放送を流してもらうという手もありますけどね」

「それもいいですね。では私は学院長に話してきます。ラック君は作業に戻ってください」

「はい。では、よろしくお願いします」

ケニーと別れ、カーは会議室に戻ることにした。

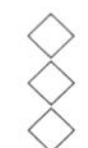

「カー先生、話は終わりましたかな？」

オッシの問いに、カーは頷いた。

「はい、先ほど。急ぎの用事だったので、会議中ということを承知の上で呼び出したそうです」

「ふむ……それでしたら、あまり小うるさいことは言えませんな」

そしてその場で、カーは生活魔術科がレクリエーションイベントに参加すること、また出し物として海賊島を利用した『お化け屋敷』を開くことを、発表した。会議室内にどよめきが起こったが、シド・ロウシャ学院長はいつもの通り、愉快そうに笑ったのだった。

「ふぉっふぉっふぉ、よいじゃろう。良いモノを作ってくれることを期待しておるぞ。ギリギリじゃが、これも噴水広場の掲示板に、貼り付けておくとしようかの」

宿の一階に当たる酒場スペースには、ケニーを始め、ソーコやリオン、他の生活魔術科の生徒達もほぼ全員集まっていた。

この場にいない生徒達は既に、海賊島の掃除や『お化け屋敷』の準備を始めているのだ。

職員会議が終わったらしいカティ・カーも戻ってきた。

「ああもう、肝が冷えましたよ……ラック君、強引すぎです」

冷えた果実水を少し飲み、カーが軽くケニーを睨む。

「俺もそうは思いますがね、報告は早い方がいいと思ったんですよ。完全に事後承諾ですが、先生は『お化け屋敷』、反対ですか？」

「そこはまあ、生徒が自主的に考えてくれるのは、大変結構なことだと思いますけど……」

「じゃあ先生の了承も得たところでみんな、本題に入ろうか」

ケニーは、大きな木のテーブルに手製の見取り図を広げた。

環状に並んだ岩山の中は洞窟になっていて、それぞれが橋で繋がっている。

内側に大きな港があるが、現在では利用しているのは幽霊船・幽号のみだ。

内側のほとんどが内海だとしても、広さはちょっとした街ぐらいの大きさがあった。

「これが海賊島の全景だ。思ったよりも大きいが、全部を利用してたら作る側も入る側も馬鹿みたいに時間が掛かるから、そこは絞っていこう。リオン、中の探索はどうなった？」

「うん、住人は完全にいないね。財産、財宝らしいモノも残ってないよ。メインで探索を行ってくれたのは、ユエニちゃん」

フラムを膝に乗せたリオンが言い、横に座る小柄な狼獣人の娘に声を掛けた。

「島は広い。さらに詳しく調べれば何か新しい発見があるかもしれないが、期待薄だと思う」

「ま、あったらあったで儲けもの程度だろうな」

「ほとんど、偶然で発見したような島だもの。そこまで執着はないわ」

「わたしも同じく、かな」

「ぴぃ」

フラムは小さくなった幽霊船・幽号と遊んでいた。手の平サイズの幽号はフラムの目の高さに浮かび、フラムが短い爪で軽く押すと滑るように動くのを繰り返していた。

それを少し見、ケニーはみんなを見渡した。

「でもせっかく、手に入れたんだし、このままどこかに明け渡すっていうのも勿体ない」

「そこ、結構意外なのよね。ケニーならさっさと売り渡しておしまいかと思ったんだけど」

「単に宝箱を見つけたとかなら、そうなんだがな。……何せ、モノは海賊島だ」

ケニーの目が、後ろの方で控えていた吸血鬼の執事マルティンに向けられる。

彼は静かに微笑んだ。

「つまり、男子の感性に響くモノがあるのですよ」

「男の浪漫ッス」

グッと親指を立てる鬼族のハッシュ。

「暗闇に響く女の子の悲鳴って、いいよな」

「……頼む、兄貴は黙っててくれ。女子の心証が悪くなる」

双子の兄であるグレタはうんうんと頷き、弟のレスは眼鏡の位置を直しながら顔を顰めた。

「……ま、いいわ。浪漫ね。ま、そういう動機で動くのもいいんじゃない？　それにしても怠け者のケニーが自主的に働くなんて、雨が降らなきゃいいけれど」

ソーコは、開きっぱなしになっている窓の外を見ていた。

太陽も高く、今日も絶好の海水浴日和だった。外ではこれから泳ぎに向かうらしい、どこかの魔術科の生徒達が、はしゃぎながら砂浜へと歩いていく。

「ソーコちゃん、そんなことないよ。ケニー君、ちゃんと働いてるよ？」

反論したのは、リオンだった。

「そうかしら」

「そうだよ。ただ、あんまり動いてるトコ、見られないだけだと思う」

「……フォローされてんのか、そうじゃないのか、よく分からん評価だな、おい」

「ちゃ、ちゃんと評価してるよ?」

「俺は単に、手を抜いていい所は全力で抜くだけだ。俺以外にやれる人間がいるなら、そっちに任せて俺が別の作業をした方が効率的だろ」

ケニーは髪を掻き上げ、スッと目を細めた。

「加えて言うなら、妙な詮索をしている連中が気になる。そこは人任せにはしづらい」

空気がわずかに重くなり、カティ・カーは戸惑ったように周りを見渡していた。

ケニーは説明しなかった。どうせ今からの話の流れで分かるので、しても二度手間である。

「確かにね。リオン、発見したモノって持ってきたの?」

「あ、うん、これ」

ソーコに促され、リオンは袋からバネ仕掛けが組み込まれた板きれを取り出した。

「ネズミ取りですか」

「はい。もちろん引っ掛かったのはネズミなんですけど、魔力を帯びてたんです」

魔力を帯びたネズミ。

カーはピンと来たようだ。

「……誰かの使い魔、ですか」

「はい。多分、ですけど」

「誰の使い魔かは分からない。でも、どこの使い魔かは何となく想像できるんだよなあ」

「証拠はないけどね」

ケニーもソーコも笑っていた。ただし、目だけは笑っていなかった。

「他にも、実は人の気配が色々あったんだよね。誰もいない部屋、壁の中、天井、床の下。透明になる魔術、壁や床をすり抜ける透過魔術辺りじゃないかな」

「ちゃんと閉じたはずの鍵が開いていることもあった。解錠魔術」

リオンの説明を、ユエニが補足する。

「本職の盗賊の可能性は？」

ケニーの問いに、ユエニは首を振った。

「それなら、鍵穴に傷が残る。なかった」

そこで、グレタが軽い調子で発言した。

「まあ実は、何人か捕まえたんだけどさ、案の定戦闘魔術科の奴ら」

「ええ⁉」

「ただ、オッシ先生に突き出したら、生徒達が勝手にやったことって言われたんですよ」

驚愕（きょうがく）するカーに、グレタは説明を続けた。

グルル……と、ユエニは唸った。

「取り逃がした奴もいる。次は、絶対捕まえる」

「でもそれは……問題ですね」

考え込むカーに、ケニーが渋い顔を見せた。

「オッシ先生の監督責任、という意味では問題なんですけどね、海賊島に入り込んできたことについてはグレーなんですよ」

「どういうことですか？」

「現在、海賊島の所有権は生活魔術科で止まっていますよね。これが国の手に渡っていたりしてたら大問題なんですけど……余所の魔術科の生徒が勝手に入り込んだ、っていうのはせいぜい、教師に叱られる程度です。カー先生の性格上、叱りづらいですよね？」

「それは、確かに……」

カーにも、自覚があるようだ。ケニーはさらに、その先を突き詰めていく。

「そして、オッシ先生が叱るということも、おそらくないでしょう」

「主導してる本人かもしれないものね。かもとかつけてるけど、まあ間違いないと思うけど」

「それに、実害もほとんどありません。せいぜいが、子ども……というか、生徒達の好奇心で片付けられてしまうのが、オチです。というか実際、そうなってますよね？」

少なくともグレタの話では、そういうことになる。

おそらく、もうしばらくしたらゴリアス・オッシからカーに、連絡があるだろう。

戦闘魔術科の生徒が、勝手に海賊島に入り込んだ件について。

そこで、リオンがおずおずと手を挙げた。

「えっと、これ戦闘魔術科にいる、わたしの友達から聞いた話なんですけど、あっちの魔術科では海賊島は戦闘魔術科が探索をするべきであるって空気が広がってるらしいの」

「ちょ、何よそれ」

初耳よ、とソーコが立ち上がった。

「誰が言ったって話は聞かないんだけど、そうするべきで、なのに生活魔術師達がまだ島に居座ってるせいで、探索ができない。さっさと撤退させるべきだって主張が出てきてるって……あ、話してくれた友達は、そんなことないんだよ？」

全員が全員じゃないよ、とリオンは付け加えた。

「そもそも、海賊島を発見した経緯は一度、カー先生が朝礼の時に発表しただろうに」

「な、何か不備があったんでしょうか」

ケニーの愚痴に、カーはアタフタとした。

そんな彼女に、ソーコが頭を振った。

「なかったですから、そんな不安そうな顔をしないでください。どんだけ自信ないんですか、先生。もっとドッシリ構えててください」

「ううう……そう言われましても」

「つまり戦闘魔術科は悪質な噂に踊らされ、生活魔術科に悪感情を持ち、海賊島に無断で侵入しても悪びれない。でもバレると上がうるさく言いそうだから、こっそりやってるってトコか」

ケニーが状況を要約する。

「もうちょっと、説得した方がいいんでしょうか」

「いや、こうなったらどれだけ先生が、こちらの正当性を訴えても無駄ですよ。論理じゃなく感情の問題になってますからね」

うーん、とケニーは考える。

「かといって、もう鬱陶しいから出入りを許可すると……」

「絶対やめた方がいいわね。そのまま島を乗っ取られるのは目に見えてるわ。気が付いたら私達が追い出されることになるかもね」

だろうな、とケニーはソーコに同意した。

「まさか、そこまで……」

「……いえ、あり得ると思います」

控えめに、リオンが首を振った。

「ほら、リオンですらこう言ってるんですよ。まあ、基本生活魔術科が所有権を持ってて、他の科が出入りするのを禁止しているから問題なんです」

ケニーは、テーブルに広げた見取り図を、手の平で押さえた。

「だから逆に、臨海学校に参加している全員が大っぴらに入ってこられるよう『お化け屋敷』を始めようと思ったんですよ」

「そ、それが本当の目的だったんですか？」

「いやいや、生活魔術科でも何らかのイベントを出したいなとも思ってたんで、あくまでついでです。他にも狙いはあるんですけど、そこは俺にもちょっと読めない部分なんですよね」

「……これ以上、何企んでいるんですか、ラック君」

ケニーはカーに言うべきかどうか迷ったが、黙っていることにした。何しろケニーの目論見は相手次第な部分があるので、何も起こらないという可能性だってあるのだ。

「とにかく、やっていいって許可は出たみたいだし、準備を始めましょう」

すると、一階の酒場部分と二階の宿泊部分を繋ぐ、階段から声がした。

「そういうことならオレ様も手伝わせてもらおうか」

「スターク」

階段には、スタークが座り込んでいた。どうやら最初から話を聞いていたらしい。

「何、寝床も貸してもらったんだ。たんなる居候じゃ申し訳ない。ちょっとした労働ぐらいなら、安いもんさ」

「せっかくだし、こき使わせてもらおうかな」

「言うねえ。まあ、手の数には自信があるから、問題はないが」

指を触手状にうねらせながら、スタークは笑った。

それから全員が幽霊船・幽号(カスカ)に乗り込み、海賊島への移動となった。

◇◇◇

海賊島に上陸してすぐに、リオンが作業を開始した。

「それじゃ、出て『影人(シャドウ)』」

リオンの影から、ノッペリとした漆黒のヒトガタが三体出現し、壊れた木箱やガラクタを砂浜に運び出していく。

「こちらもお仕事を始めましょう。――『仮初めの生命』」

吸血執事のマルティンが両腕を広げると、赤く鮮やかな魔力が迸り、ちりとりや箒、モップへと注がれていく。道具達は小さく脈動すると、自立的に動きだし、清掃を開始した。

砂浜に集められたゴミ類に、農耕用の長いフォークが突き刺さる。

そして突き刺さった先から、ゴミはグズグズに腐り、黒い残りカスとなっていく。

フォークの持ち主はチルダだ。

「集めたゴミは広場に集めてけろ。全部ウチが処分してやっから」

「チルダちゃんがいると、ゴミ処理すごく助かるよ」

「ウチ、本来は牛や山羊の世話の方が得意なんだけどな。ま、いいさ」

生活魔術師チルダ。実家は農家であり、またチーズも作っている職人である。彼女の扱う生活魔術は、『発酵』と『腐敗』。その力を使って、今はゴミ処理を行っているのだった。

海賊島の中は洞窟を加工した通路といくつかの部屋が繋がった造りになっていて、あちこちに錆びた武器や壊れた大砲などが転がっている。

そうしたガラクタは、子どもにとって格好の遊び道具となる。

「ぴぃー」

ドラゴンの仔であるフラムは、ボロボロになった樽から樽へと飛び乗ったり、ワインの瓶を蹴飛

ばしたりしていた。

あちこちの大きなゴミを亜空間に放り込みながら、ソーコはそれを見守っていた。

「フラム、遊ぶのはいいけど壊れやすいから気を付けなさいよ」

「ぴぁっ⁉」

腐っていたのだろう、木箱に飛び乗った途端、その木箱にフラムは身体をめり込ませた。

「ほら言わんこっちゃない。アンタ、最近体重増えてるわよ。まあよく食べてるもんね」

ソーコはフラムを木箱から引っ張り出した。

小柄なソーコでは、フラムを持ち上げるのもなかなか難しいのだ。

「ぴい、ぴぁう！」

「運動してるって？　でもそれ今壊したのは事実よね」

怒ったフラムは、自分が壊した木箱を食べ始めた。

「ちょっと腐ってるんじゃないの、それ。食べて大丈夫なの？」

「ぴ！」

大丈夫らしい。ソーコは、フラム自身の判断を信じることにした。

「ソーコ、何かいいモノあったか？」

通り掛かったケニーが声を掛けてきた。ケニーの仕事は基本的には全体の監督なので、一見適当にぶらついているだけに見えてなかなか大変なのを、ソーコは知っていた。

「やっぱりないわねー。こっちは全部、フラムに頼んで処分してもらうわ」

「だな」

「ケニーの方は、準備の具合どう？」

「まあまあだな。『ハンドジェスチャー』、まだちょっと加減が難しいけど」

フラムが破壊した木箱の残骸を、ケニーは広げた手を閉じることで『集める』。

ただ、力加減を誤るとこれが『潰れろ』になってしまう。そこが厄介だ。

「それでも大分、マシになってるじゃない。ちょっと前まで、色々ぶち壊してたのに」

「人聞きが悪いな。腐った家具とか、壊していいモノでしか練習してないぞ」

「壊したのは事実でしょ。そうそう、一応通路はスッキリさせたけど問題ない？」

海賊島の通路は、発見した当初は埃を被ったガラクタがあちこちにひしめき合っていたが、ソーコが手当たり次第に亜空間に放り込んでいったので、すっかり風通しが良くなっていた。

「いいんじゃないか？　程よく狭く歩きやすい幅。ここからは道具を組み込んでいこうか」

木箱を食べ終えたフラムと手を繋ぎ、ソーコはケニーと通路の先を進んでいく。

「設置はいいけどその大道具が、まだできてないんでしょ？　完成はいつぐらいなの？」

「予定では、今日中ってところだな。でき次第、ソーコに渡すように……っと」

唐突に、通路の気配が変わった。ここまで岩壁だったそれが、いきなり脈打つ何かの肉になっていたのだ。血管らしきモノも浮かび、赤黒い壁は鼓動まで聞こえてくるようだ。

「うわ、何これ。肉の壁？」

「幻術ですよ」

後ろから不意に声がし、ソーコの尻尾がぶわっと膨れあがった。

ケニーも珍しく、目を見開いていた。

「おおお、ビックリした」

振り返ると、そこにはデビッドがいた。

「そうですか、それは重畳。技術的にはいくつかのパターンを用意してそれをリピートさせるだけなので、そんなに難しくはないんですよ」

「ごめん、簡単か難しいのか、それすら分からないわ。そもそもパターンを用意してって時点で、意味が不明」

ソーコとしてはとりあえず幻術なのは、分かった。恐る恐る壁に触ってみたが、実際は肉の柔らかさなど皆無で、ただの岩の壁の感触しか伝わってこない。

「すみません。要するに、今の肉の壁はこの三パターンを」

パッパパッパパッと、動かない肉の壁の絵が三種類、表示された。

そのテンポが速くなると、不思議と蠢く肉の壁へと変わってしまった。

「繰り返しているだけなんです」

「そう言われてみると、単純だな」

「意外に皆、騙されますよ。それに、暗い通路を一度通り抜けるだけなら、これで充分です」

「そういうところは、デビッドに任せるよ」

「双月祭の時、飾り付けのイメージで手伝ってもらったけど、こういうこともできるのね」

「幻術は使い方次第ですからね。僕は商業ギルドの不動産部門で、お手伝いをしてますけど、双月祭の時のはそれに近かったです」

ソーコには不動産と幻術がパッと結びつかなかった。

「商業ギルドの不動産……例えば部屋に幻の家具を設置したりとかか」

一方で、ケニーが幻術の使い道を思いついたようだ。

そうか、家具を運び込んだり移動させたりの手間は、亜空間に収納できるソーコですら面倒くさいと感じることがあるのだ。幻術なら質量はゼロだし、色々な家具の組み替えを試すことができる。

……ただ、家具を幻術で作り出すのにどれだけ手間が掛かるのかが気になったが、デビッドの話を聞く限りでは、そこまで大変という訳でもないのだろう。

そんなことをソーコが考えている間も、デビッドとケニーの話は続いていた。

「そうそう、大体そんな感じです。あとは園芸関係が多いですね。貴族の屋敷の植え込みをどう刈り込むかとか、実際にやってから違いましたでは済みませんから」

「なかなか、興味深いな」

「僕としても、こういう仕事はあまりしたことがないので楽しませてもらってますよ。あと、実際にお化け屋敷を始める時のために、衣装も用意しておきました」

そう言って、肉の壁から取り出したのは、灰色のローブだった。

「助かるけど、わざわざ作ってくれたってことは、何か効果があるのか？」

すると、灰色のローブが不意に、肉の塊になった。

いや違う、肉の壁と同じ模様になったのだ。脈動までしている。

「周りの風景に溶け込みます。透明化とは違いますけど、やはりこういう時、入ってくるお客さんと遭遇するのはマズいでしょう？」

「そりゃありがたい。有効に使わせてもらおう。ソーコ、預かっといてくれ」

「いいけどこれ、普通のローブにどうやって戻るのよ」

受け取ったローブは触った感じでは普通だが、蠢く肉模様なので、ソーコは顔を顰めた。

「軽く魔力を込めることで、オンオフが可能になってますよ」

「分かったわ」

ソーコが手に魔力を込めると、肉ローブが普通のローブに戻ったので、ホッとしながら亜空間に収納した。

「あっちで大道具を作っていますけど、今の調子なら間に合うと思います」

「そっか。ならちょっと見てから、次の場所に行くよ」

「はい。お気を付けて」

途中、リオンとも合流し、ソーコ達は通路を巡る。
大きな看板や木材が大量にあるところを見ると、この辺りは大道具班か。

暗い通路の向こうから、新たな木材を担いでくる、鬼族のハッシュの姿があった。

「ハッシュ、調子はどう？」

「ど、どうと言われても、数が多いのが大変ッスよ。まあ、軽減魔術があるんで、運搬自体はさほど苦にはならないッスけど」

ソーコの問いに、ハッシュが緊張気味に答える。

まあ、女子を前にするとハッシュはいつもこんな感じなので、ソーコは気にしない。

ただでさえ、鬼族は人間よりも腕力があるのに加え、軽減魔術は物質を軽くする。力仕事にはもってこいの生活魔術なのだ。

「本当にすごい量……ハッシュ君、頑張ってるねえ。ありがとう」

「い、いや、オイラは与えられた仕事を、普通にこなしてるだけッスから」

リオンが褒めると、ただでさえ赤い顔がさらに真っ赤になった。緊張でほとんど直立不動状態だし、このままだと倒れちゃうんじゃないかしら、とソーコは心配になる。

「その普通が、なかなかできないんだよ」

「や、やや、それはどうもッス、ケニーさん」

「それじゃ俺達は次、ヒックを見に行くから」

「ウッス！」

ハッシュは何故か、ケニーに敬礼していた。

「……ハッシュ、何でそんなに女の子苦手なのに、カレットの助手みたいなことはしてんだ？」

「あ、あれは、オイラが力仕事向いてるからって、よく呼ばれるからで……さすがにあれだけ呼び出されると、慣れるというか……」

「……今度、女子会にコイツだけ混ぜるっていうのは、どうだろう」

「いいわね」

「やめてほしいッス⁉」

「あの、二人とも、それほとんどいじめっ子の発想だから」

ケニーのアイデアは、リオンに止められてしまった。

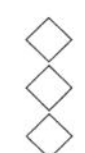

ハッシュと別れてさらに通路を進んだ先は、血まみれの部屋だった。

床には大量の血がぶちまけられ、飛沫(しぶき)が壁や天井にも飛んでいる。

「ヒャッ……」

リオンは短く悲鳴を上げ、杖を取り出そうとする。

ソーコはそんなリオンを横目で見ていた。

……誰かの陰に隠れるとか、退くとかじゃない辺りが地味に強いのよね、この子……。

「落ち着け、リオン。本物の血じゃない……よな、ヒック」

暗い隅から浮き上がるように出現したのは、長い黒髪を垂らした細身の青年だった。

「……これは、皆さん、おそろいで。私の生活魔術は、ご存じでしょう……？」

「ああ、染色魔術。布や壁に色をつける魔術だ」

「そしてこの血の海は……言うまでもなく偽物です」

大きく両腕を広げてみせるヒック。

リオンは床の血に見える赤に、触れていた。

「すごい、濡れて湿ってるみたいなのに、染めてるだけなんだねー……でも、確かに血の臭いはしてないんだ……」

「そういうふうに見せる色使いなので……小道具では錆やカビなども表現しています……」

ヒックは手に持った曲刀を鞘から抜いた。

きれいに顔の映る刃がみるみる赤黒く、錆びた色合いへと変わっていく。

「ぴぃー……」

残念そうな声を上げるフラムに、ヒックは顔をカクンと傾けた。

「味は……変わりませんよ？　食べられると、困ります……」

ヒックの作業を確認後、カレット・ハンドの作業を見に行くことになった。
ケニーの話ではカレットは音響の担当で、この先で色々な声や音を作っているのだという。

通路を三人と一匹で進んでいると、ソーコは不意に違う気配を感じた。

「殺気！」

振り向かず、後ろに肘打ちを放つと、何やらグニョリとしたとしか形容のしようがない感触があった。

「ぎゃっ⁉」

聞き覚えのある悲鳴に振り返ると、股間を押さえて悶絶する、グレタの姿があった。

「ぐ、ぁあ……こ、これは……ご褒美と喜ぶ、べきか……ううぅ……」

「ってなんだ、グレタか。じゃあ、しょうがないわね」

「ああ、しょうがないな」

他の男ならさすがにソーコも謝るつもりだが、何しろグレタである。

むしろ妙な部分を攻撃させるなと、抗議したい気分だった。

「オレの扱い雑じゃね⁉」

「でもしょうがないよ。ソーコちゃんの後ろに立って、手をワキワキさせてたでしょ？」

リオンが、困ったような笑顔で言った。

「う、リオンちゃん、見てたの？」

「見てはないよ？　そう感じただけ」

「……相変わらず、ナチュラルにスペック高いね、リオンちゃん」

グレタの感想に、私もそう思うと内心呟くソーコだった。

「馬鹿なことするから、痛い目に遭うんだ。それより、頼んでた仕事はできたのか？」

「……問題ない。自動的に口を開ける宝箱とか、通路を通り抜けたら消える灯りとか、オレの技術を使うまでもなかったな」

何とか股間を押さえていた状態から立ち直り、グッと親指を立てるグレタ。

そして、ローブの内側から金属製の板を取り出した。

「使ったのは、せいぜいこの護符ぐらいかね」

紐（ひも）を通して首から下げるタイプの護符のようだ。

「杖（つえ）は？」

「そちらも問題なく」

もう一方の手で、指揮棒タイプの杖を取り出す。持ち手以外の部分が、青く輝いている。結構光は強く、普段使いの照明としても役に立ちそうだ。

「性格に難はあるのに、腕はいいのよね」

「え、オレに惚れた？」

「そんなこと、一言も言ってないわよ」

「――『影人（シャドウ）』！」

ソーコがグレタと馬鹿な話をしていると、いきなりリオンが『影人（シャドウ）』を召喚した。

それも二体……いや、『影人（シャドウ）』は一体だ。

その一体が、苦笑いを浮かべる男の腕を掴んでいた。

「おおっ、本当にすごいな嬢ちゃん。まさか気付かれるとは思わなかったぜ」

「スタークさん」

「……ちょっと、ウチの馬鹿の真似をするのは、やめてもらえます？」

ケニーが顔を顰めた。

「悪いな。一応、そこの助平みたいに実際にやらかす前で、止めるつもりだったんだぜ？」

「もし本当にやってたら、ちょん切ってたわよ」

「何を⁉　どこを⁉」

ソーコの警告に青ざめたのは、股間を押さえるグレタだった。

「ははは、おっかねえなあ、狐の嬢ちゃん。……真面目な話、オレ様の場合ちょん切られても、また生やせるんだがね」

「すげえ……師匠と呼んでいいッスか」

股間を押さえながら、グレタはスタークを尊敬の目で見ていた。

「何に対して弟子入りする気だよ、グレタ」

そんなグレタに、ケニーが冷静に突っ込んでいた。

◇◇◇

「きゃあああああ‼」

通路の奥から突然悲鳴が上がり、フラムが飛び上がった。

「ぴぃっ⁉」

「何、今の悲鳴⁉」

ソーコは手を前に突き出し、いつでも術を出せるように準備する。

「落ち着けフラム、ソーコ。悲鳴担当だ」

「あ、そっか」

ソーコは思い出した。確かこの先で、カレット・ハンドが『収録』を行っているのだ。

そのまま通路を進むと、小さな一室でカレットが声を上げていた。

「う゛ああ……ぎ、ご……づるらあああぁぁ……がえ、じで……もぼ……ぎあぁぁ……」

悲哀、後悔、恨み、苦悶の入り交じった声が、カレットの唇から漏れていく。

「これは多分、被害者手遅れパターンか」

「すごいねえ、カレットちゃん」

「ふぅ、ひとまずこんなもんかな。三人とも見回り？　おつかれー」

さっきまでとは打って変わった明るい声で、カレットが手を振った。

「ぴぃ！」

自分が抜けてる、とフラムが抗議の声を上げた。

「おーっと、フラムちゃんもいたね。ごめんごめん。お詫びにお腹を撫でてあげよう」

「ぴぃあぴぃあ！」

カレットに腹をくすぐられ、フラムは嬉しそうな声を上げた。

「ふひひ、うい奴め。うちの子になるか？　んん？　うまい飯と柔らかい寝床があるぞう？」

「何だその悪役のお金持ちっぽい演技」

「いや、なんとなく。とりあえず注文の声は録り終えたよ。確認作業はまだだけど。尺は余裕持ってるから、編集は適当にケニーに丸投げさせてもらうよ？」

「ああ、その辺は任せておいてくれ」

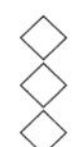

グレタの双子の弟であるレスには、机と椅子、コルクボードなどで簡易的に作った事務室で、作業を行ってもらっていた。

「レス、何か問題は」

ケニーの問いに、クイ、と眼鏡の位置を直しながら答えるレス。

「ないよ。そっちは？」

「ない」

「……相変わらず、仲の悪そうな会話ね」

「その割に、よく喋ってるんだけどね、ケニー君とレス君」

「別に、仲が悪い訳じゃないいんだって。単に話すことがないだけだ」

「そういうこと。無駄がないのは大変結構だと思う」

ケニーの言葉に、レスは肩を竦めた。

やはり振り向かないレスである。

「せめて趣味の話でもすればいいのに」

ソーコが言えば。

「コイツに食い歩きの趣味はない」

「寝るぐらいしか趣味がないな」

これである。

「……ある意味、すごく似てるんだけどね」

リオンが力なく笑った。食欲VS睡眠欲である。

「違いをあげるとすれば、レス君にはグレタ君っていうお兄ちゃんがいることぐらいだよね」

リオンが言うと、初めてレスは振り返った。

「……またあの馬鹿兄貴が、何か妙なコトしたりしなかった？」

「さっき、後ろから襲われかけたわ」

「今度、全力で殴っておくよ」

「必要ないわよ。向こうずね蹴っ飛ばしといたから」

「ありがとう」

だから、その手に持った小ぶりのハンマーは、元の場所に戻してほしいと思うソーコである。さすがに殺人事件は勘弁願いたい。

「お礼言っちゃうんだ」

リオンが困ったような笑みを浮かべると、ふん、とレスは不機嫌そうに鼻を鳴らした。

「口で言っても分からない奴は、実力行使するべきだと思うよ。よし、こちらの作業終わり。ケニー、『お化け屋敷』の設定、提出して」

「これだ」

最初から用意していたらしく、ケニーは懐から紙束を取り出した。


『お化け屋敷』の設定。

……数ヶ月前に起こった出来事。

この海賊島を根城にしていた海賊達だが、その真の目的は沈没船の財宝だった。

そして沈没船から財宝を引き上げ、意気揚々と戻ってきた彼らは大きな宝箱を開いた。

宝箱の中身は不明。開いた翌日には、食事や寝床の用意もそのままに海賊達は姿を消していた。船もそのままで、彼らは一体どこにいったのか。

そして宝箱の中身は一体何だったのか……この海賊島を訪れるあなた達は、宝箱の中身を知るために訪れた冒険者である、という内容。

「なるほど。それじゃ、パンフレットのオリジナルも作ってしまおう」

レスは白紙の巻物とペン、インク壺を用意した。

白紙の巻物の両端を手で押さえ、魔術の言葉を唱える。

「書類作成の過程をキャンセル」

白紙の巻物がわずかに震え、直後ビッシリと『お化け屋敷』の説明や注意点、そしてケニーの用意した設定もあらすじとして記されていた。

インク壺の中身も、このわずかな時間で減っている。

「彩色はヒックに頼んでくれるかな？　そういうセンスは僕より彼の方が向いている」

レスはパンフレットとなる巻物を、ケニーに渡した。

「……いつも思うけど、すごく便利だよね、工程圧縮魔術」

リオンは感心したように言う。

クイ、と眼鏡を直すレス。

「僕もそうは思うけれど、それなりに条件が必要でね。僕自身に技能が必要だし、道具も揃っていないと駄目だから」

「でもレス君がグレタ君と一緒に作った『水を入れるだけでお湯になるお鍋』って、火がなくてもできてるよね？」

「あれは製作段階で、一度鍋の水を沸騰してあるんだよ。その時点で技能はクリア。火を点けるだけだったからね。道具としては空の鍋に『水』が揃う時点で魔術は発動する、っていう仕組みなんだ」

他、『弱いモンスター限定で一瞬で解体可能なナイフ』なんてモノもある。

ちなみに一番ヒットしたのは『十分間の睡眠で八時間分の睡眠効果を得られる枕』である。

「イナバさんの時空魔術でも、同じようなことはできると思うけど。工程というか時間の圧縮という意味で」

「私のそれは、いつも同じモノができる訳じゃないし、そもそも他の人からは圧縮されてるように見えても、私自身は毎回しっかり働くのよ。同じように見えても違うわ」

「何にしても、何とか今日中には間に合いそうだな」

ケニーは、少し考え込んだ。

「実際に開く前に、誰か試しに『お化け屋敷』へ入ってくれる人がいるな……」

ここ数日では珍しく曇り空となった海を、ボートが一隻進んでいた。

乗っているのは三人。生活魔術科の科長であるカティ・カー、同じく生活魔術科のディン・オーエン、そして後ろでボートを漕いでいるフードを目深に被った船頭である。

海賊島、『お化け屋敷』の入り口となる桟橋が、徐々に迫りつつあった。

「先生、そろそろ着きますよ。先生？」

「……あ、い、今行きます」

ガチガチに緊張したカーが立ち上がり、船から下りようとする。

それをディンが慌てて押しとどめた。

「い、いやいやいや、まだですから！　ここで船から下りたら海にドボンですから！」

ディンの説得で、カーはようやく落ち着いたようだ。

「ご、ご迷惑お掛けします」

「いえ、それはいいんですけど……もしかして先生、お化け屋敷とか苦手なんですか？」

「実は、少々……」

何とか笑顔は保っているが、明らかに表情が強ばっている。

「今の動揺っぷりは、少々どころじゃないんじゃ……。それでもモニターにはなるんですね」

「生徒達がこの短期間で作ったんです。教師として、確かめなきゃいけないじゃないですか」

グッと拳を握るカー。

ディンはそれを見、後ろで船を漕ぐ船頭を振り返った。

「ガチガチ歯を鳴らしながらでなきゃ、すごく格好いいんですけどね……あと、この船頭さん、何にも喋らないいし、ゴーレムの類なんでしょうか……」

ふと、鳥の鳴き声がした。

「ん？」

「カラスですね。でも鳴き声は多いのに、空には見当たりません」

ディンもカーも、空を見渡した。なるほど、確かにいない……振り返ると、鳥に気を取られている間に、船頭もいなくなっていた。

「先生、船頭が消えました！」

「えぇっ⁉　じゃ、じゃあボートは……着いていますね」

カツン、と船に伝わる振動。船が桟橋に、軽くぶつかった音だった。

「上がりましょうか」

「はい」

ディンとカーは、桟橋に上がった。

◇◇◇

桟橋の先は、岩山をくり抜いた洞窟風の通路だ。

「先生、杖は忘れてませんよね。それに護符も」

「だ、だだ、大丈夫です」

護符は首から下がっている。

杖も……何だか、ブルブルと震えていた。

「せ、先生本当に大丈夫ですか？　膝が生まれたての子鹿状態になっていますよ……⁉」

「だ、だだ、だいじょ、大丈夫です……！　行きましょう」

靴の底が滑りそうになり、ディンはカーの手を取った。

木の床を軋ませながら、ディン達は通路へと向かう。

「足下、妙にヌルヌルしますから、気を付けてください」

「ほ、本当ですね……何かが這いずり回ったような跡もありますし……この先、暗くなっていますけど、灯りの魔術、必要なんでしょうか？」

「あ、いえ先生、必要がありません。スタート地点でもらったこの杖、光るらしいんで」

洞窟の入り口でディンが杖に魔力を込めると、青い光が溢れだし、通路を照らし出す。

ディンは少しだけホッとした。

その直後、大量の蝙蝠が二人に襲い掛かった。

「うあっ！」

「きゃあああああ‼」

痛みはほとんどなく、いやせいぜいが布で叩かれているような程度だが、冷静さを欠いているディン達にそれを判断する余裕はない。

「先生、ただの蝙蝠ですから！　くっ！」

ディンは、事前説明でも教わった通りに、杖を蝙蝠達に向けてかざした。

その途端、杖の光は強まり、蝙蝠達はディン達から離れて洞窟の外へと逃げていった。

「あ、こ、蝙蝠が避けて……この杖も、護符と同じ魔除けになっているんですね」

「そうみたいです」

それからも、ディン達の不意を突くように、何度かの襲撃があった。それは大きなネズミであったり、転がってくる樽だったり、正体不明の黒い靄だったり……。

「し、心臓に悪いですね……」

「ま、まあ、お化け屋敷ですから。でも、それにしたって……」

ズズ……。

通路をおっかなびっくり進みながら、ディンは首を傾げた。

「どうかしましたか？」

「いえ、僕もそんなにお化け屋敷に詳しい訳じゃないんで何とも言えないんですけど、襲い掛かってくるゴーストとか骸骨とか、そういうのがないな、と思いまして」

ヌルル……ズルッ……。

「言われてみれば……蝙蝠、鬼火、騒霊現象（ポルターガイスト）といった襲撃はありますけど、『人』の形をしたそういうのはないですね……」

「ただ、それとは別にちょっと気になることが」

次の部屋は、船長の部屋らしかった。机の上には航海日誌が広げられている。

ズルルルル……。

「あの、それ言わないでもらえます？」

顔を引きつらせるカーと、ディンは顔を見合わせた。

「でも、やっぱり気にはなってますよね……姿は見えないのに、何か確実にこれ、いますよね……？　さっきから、何だかすごく気配が……」

シュルルルル……ズチュ……ジュルル……。

「ううう、ゴールはまだなんでしょうか」

「先生、航海日誌に、脱出用の隠し通路が書かれています。秘密の港に出られるみたいです。それと、この途中にある印って多分、宝箱ですよね。多分そこを目指せってことですよね」

ディンは航海日誌のページを、指で押さえた。

おそらくそれが最短のルートなのだろうと、二人は部屋にあった隠し扉から、隠し通路へと足を踏み入れた。

「秘密の通路の割に、思ったより広いな……」

灯りはないが、そこは杖の光が照らしてくれる。

「あの、オーエン君……これ」

カーが、足下を指差した。

そこには粘液質の液体の何かを引きずったような痕跡があった。

「やっぱりあるのか、この跡……ん、あれが問題の宝箱?」

慎重に奥へと進むと、やがて大きな宝箱があることに、二人は気付いた。

「……オーエン君、あれ、開けずにスルーできません? 絶対、何かありますよ?」

「それは、分かっていますけど……でも、そうですね、スルーしてみましょうか」

「え、いいんですか?」

自分で言っておきながら、カーは驚いていた。

「いいと思います。僕達はモニターなんですから、参加者が予想外の行動を取った場合、っていうのも必要なんじゃないかと……もちろん、素直に宝箱を開けてもいいですけど……」

「そ、そうですね。そういうのも必要……あの、オーエン君」

パキン、と宝箱に掛けられていた鍵が弾けた。

「鍵、今勝手に開きましたよね？」

「ヤバい、先生宝箱から距離を取ってください！　蓋が上がっていきます！」

「えぇっ⁉　で、出口は……ありませんよ、オーエン君⁉」

「今来た通路も、いつの間にか消えています！」

宝箱の向こうは行き止まりだ。

そして振り返ってみると、今来た道も何故か岩壁になっていた。

やがて軋みを上げながら宝箱の蓋は上がっていき……何も起こらなかった。

恐る恐る二人は宝箱の中を覗いてみるが、中には何も入っていなかった。

「宝箱の中は……空、ですね」

ただ、内部全体に粘液がまとわりついていた。

「はい。でもこの粘液って一体……ん？」

ディンの目の前に、細い糸が垂れてきた。

いや、これは糸ではなく……ディンは、天井を見上げた。

「オーエン君？」

「先生、行きましょう」

ディンはカーの手首を掴み、早足で宝箱の向こうに回り込んだ。

「行きましょうと言われても……出入り口がいつの間にか、なくなっていまして……あ」

ズルリ、と全身に粘液をまとわりつかせた、高さ二メルトほどもあるぶよぶよとした生き物が、天井から垂れ落ちてきた。身体のあちこちから太い触手を広げながら、閉じていた黄色い目を開き……ディンとカーの目と合った。

「きゃあああああああ!!」

「わあああああああああ!!」

二人は全力で逃げた。

いつの間にか宝箱の向こうに通路が出現していたが、その不思議に頭を悩ませる余裕など、今のディンとカーには存在しない。そして後ろの気配が遠ざかる気配は、一向にない。粘液質な音を奏でながら、滑るように迫ってきているのが分かる。

「ちょ、無理無理無理無理！　こんなのガチで魔術使わないと……って」

触手が左右から回り込んでくるが、護符の輝きに阻まれ、それ以上近付けないようだ。

「オーエン君、護符です！　その光で、触手が近付いてこられないみたいです！」

「よ、よし……って、あれ？　何か光がゆっくり点滅し始めて、これってもしかして……」

さっきまでは輝き続けていた護符が緩く点滅を繰り返し、ディンはいやな予感がした。

「もしかしなくても、光が切れたら襲われるってコトだと思います！　あとオーエン君、あっちに出口が出現しています！」

「い、行きましょう！　宝箱の中身の正体も分かったことですし、目的は達しました！」

通路を脱出し、桟橋に出た。

外の新鮮な空気に、少しだけ救われる。しかしその間も、足は休めなかった。

「うああ、桟橋走りづらい！　足下はやっぱり滑るし！　先生、ついてこられていますか？」

「な、何とか！　あのボート、あの船頭さんがいます！」

「行きましょう、先生！」

「はい！」

足場の悪さに苛立ちながらも、二人はボートに飛び乗った。

船頭は何も聞かず、ボートを出発させる。

へたり込むディン達に、船頭はボートを漕ぎながら、頭を下げた。

「……お疲れさまでした」

「……喋りましたよ、先生。ゴーレムじゃなかったみたいです」

「よくぞ、お戻りになられました……あの触手は、かつて太古の魔術師が封じた、海底を寝床とする邪神なのです」

船頭が、抑揚のない声で説明する。

「邪神……」

カーがぽつりと呟く。

「魔術師が邪神を封じていた箱を、海賊達が海の底から引き上げ、開けてしまった……その結果彼らは邪神の贄となってしまったのです。ただ、それでもまだまだ力は足りず……人々の恐怖を糧に、力をつけている最中なのです」

ディンは自分なりの解釈を口にする。

「じゃあ、逃げ延びた僕達は、この後、王都かどこかに報告して、軍か何かがこの島に派遣される……ってオチなのかな？」

「いいえ……？」

しかし、船頭は首を振った。

「え」

「逃げ延びていませんから、それは叶いませんよ……」

船頭は、しわがれた指をディンの胸元に突きつけた。見ると、いつの間にか胸元にあった護符は灰色の触手に変わり、首筋までよじ登ろうとしていた。

もちろん、ディンだけではなくカーのそれもである。

「わあああああああああ⁉」

ボートの上に、二人の悲鳴が響き渡った。

船着き場。

「お疲れさま。感想は？」

船頭の格好をしたケニーに対し、半分死にそうな、半分恨みがましい目を、ディンとカーは向けていた。

「……最悪です」

「……あんまりすぎです」

「よし」「やったぜ」

ケニーと、普段着のスタークが手を打ち合わせる。

ケニーは、目深に被っていたフードを外し、いつもの気怠そうな顔をさらしている。

「最高の褒め言葉をもらえたな、ケニーよ」

「ああ、頑張った甲斐があったってもんだ。まあ、大体トラブルもなく、いけそうだ。最終調整をさっさと済ませて、本番と行こう。時間ももうないことだし」

かくして、テストプレイも無事終了し、最終調整を施した『お化け屋敷』が翌日から幕を開くのだった。

◇◇◇

ボートが桟橋に着き、緋色のローブ、戦闘魔術科の生徒の二人組がボートから下りた。

背の低い男子をコルク・ボンド、背の高い女子をファンタ・メローという。

音も無くボートは遠ざかり、コルクとファンタは並んで、洞窟へと向かう。

「頼んだわよコルク」

「任せとけファンタ」

ファンタが岩肌に手を当てると、岩から人の形をした塊が浮き出てくる。塊はやがて完全に人と同じ輪郭を持ち、色もつき始める。人の形を持つ人形、ゴーレムだ。一分もしないうちに、ゴーレムはコルクそっくりの姿を取った。

「できたわ。それじゃ、後よろしく」

「そっちも気を付けてな。ここ、なかなか評判がいいみたいだからな」

短いやり取りを終えると、コルクは自分そっくりのゴーレムを連れたファンタと別れた。

そしてルートから外れた通路、いわゆるスタッフ用通路へと侵入する。

ここからは、個人行動だ。目的は、この海賊島の調査。発見者である生活魔術科は頑なに拒否しているそうだが、そもそもこの島は独占していいモノではない。なので、戦闘魔術科は独自に海賊島の調査を行うことにした。

騒がれると面倒なので、生活魔術科には内緒である。

コルクは通路を駆けるが、音はしない。それもそのはず、コルクの使う魔術は『無音』の魔術。周囲の音を遮断する魔術であり、これそのモノには攻撃力はないが、例えば敵の詠唱の妨害えをしたり、何より今回のように秘密裏に行動する際には、うってつけの魔術なのだ。

コルク以外にも、別の手段で海賊島に潜入している戦闘魔術科の生徒はいる……が、彼らの探索が成功しているのかどうかは分からない。ただ、コルクは自分の仕事をこなすのみだ。

こういう斥候めいた任務は慣れたモノ、目に見えないところに隠されている錆びた罠や隠し戸棚を発見しては再び封印し、メモを取っていく。罠や戸棚の確認の際にも、『無音』の魔術は効果を発揮してくれる。それなりに派手に調べてもバレないのだ。

時折、すれ違う生活魔術師は物陰に隠れてやり過ごす。

地図を作りながらさらに奥へと進み、やがて古びた倉庫の突き当たりに、隠し部屋を発見した。

……割と最近使われた形跡のある、魔術の研究室だ。

最近といっても数年前といったところだが、比較対象が数百年前の海賊達なので、やはり最近といっていいだろう。

誰のどういう研究なのか……と足を踏み入れた時、後ろから声がした。

「……なるほど、こういうモノはやはり我々では見つけられませんね。霧化が修得できれば、私ももっとお役に立てるのですが」

「っ⁉」

振り返りざま、コルクは声の主に裏拳を放とうとした……が、ゴツゴツとした岩でできていたはずの地面が、ツルリと滑り、コルクは足を取られた。

「足下にお気を付けください」

斜めに傾く視界には、銀髪に紅の瞳を持つ執事姿の青年が穏やかな笑みを浮かべていた。

「『床掃除（ワックス）』の生活魔術で、滑りやすくなっております」

ゴン、と頭を打ち付け、コルクは意識を失った。

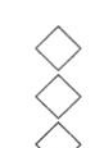

ケニーは、カーに説明することにした。

場所は海賊島のとある一室……お化け屋敷のスタッフの休憩部屋だ。

テーブルに椅子、それにお茶とお茶請けだけの、簡素な部屋である。

ケニーとカーは、テーブルを挟んで向かい合っていた。

「つまり、わざと引き入れているんですか？」

「はい。いや、正確には許可なんてしてませんよ？　お化け屋敷に使う通路以外はスタッフオンリーにしてますから、普通は入らないんです。戦闘魔術科の生徒達は勝手に入り込んで、勝手に調べて、勝手に発見しているだけです」

「それで見つけてもらった後、捕まえている、と……」

「捕まえているというか注意してるだけですよ」

「みんな、気絶してましたよね⁉」

「いやあ、一応警告はしているんですよ。清掃中だから足下は滑りやすくなってます。危ないですよとか」

ただその直後、足を滑らせて転び、挙げ句気絶するのだから困ったモノである。

まあ、スタッフオンリーと書いてある通路に、迷い込んでしまううっかりさん達なのだから、しょうがないのかもしれないが。

「……というのが、建前です」

「はい、正直に話してくれて、先生嬉しいです」

「いや、そもそも最初はこんなことするつもりはなかったんですけどね。俺達生活魔術科じゃ、隠された通路だの部屋だの探すの、難しいじゃないですか。『構造把握』とか、できないことはないですけど」

『構造把握』が使えるコロンちゃんは、今回使っている杖や護符といった魔道具作成で疲れてましたし、さすがにこれ以上負担を与える訳にはいきませんからねぇ……」

「かといって、戦闘魔術科にお願いするのも、面倒です。オッシ先生は絶対調子に乗りますし、何より、何を要求されるやら分かったもんじゃないですからね」

「……まあ、あまり悪くは言いたくありませんけど、これまでがこれまでですからラック君の言い分も、分かります」

「だからまあ、勝手に入り込んでくるんですから、それを利用させてもらおうと思いまして。おかげさまで、色々と発見がありました。最たるモノは、ここ。この隠し部屋ですね」

ケニーは、テーブルに海賊島の見取り図を広げ、×印をつけた一点を指差した。

二人は実際に、その隠し部屋を訪れることにした。

目的地は、隠し階段を下った先にある、広い部屋だった。階段を下りてすぐの場所が、書き物をするための机や椅子。それに、いくつもの書物や巻物が乱雑に積み重ねてある辺りは、カーもケニーも覚えがあった。

典型的な、魔術師の工房だ。そして部屋の大半には、いくつもの硝子ケースが並び、中には異形のモンスターが液体詰めのまま息絶えていたり、ケース自体が壊れていたりしていた。

そのどれもが、埃を被っていた。灯りも点かず、何とも気味の悪い場所だった。

「ここ自体が、なんだかお化け屋敷みたいですよねえ……ラック君は、ここにある資料は？」

「いえ。こういうのは先生の立ち会いが必要かなと」

「ありがとうございます。それじゃイベントの最中ですし、必要最低限の調査だけにしておきましょう」

カーは、机の上にあった日誌を手に取った。

書いた人物の名前は、パルム・トルフとあった。

「パルム・トルフ……うーん、どこかで聞いたような……」

カーは思い出せないので、手持ちの資料を検索することにした。

呪文を唱えると、空間投影された本棚が出現する。

カーを中心に、二メルト程度のそれが取り囲むように、いくつもそびえ立っている。

「っ⁉」

何故かケニーが息を呑んでいたが、構わずカーは名前の調査を続けていく。

「検索・『パルム・トルフ』、『実験』、『魔術師』……ああ、いくつかありましたね」

「ちょ、先生、これは……？」

ケニーが、空間投影された本棚を指差した。

「ああ、毎日の情報通信を取り込んでいるんです。過去の出来事や生活の知恵を調べるのが、便利になるかなと思いまして。こういう時にも、役に立ちますね」

「……パイは、知ってます？」

ケニーは、生活魔術科の中でも一、二を争う物知りで、かつ図書館司書の資格も有している女生徒の名前を挙げた。

「ああ、いえ。そういえば、教える機会がありませんでしたね」

「アイツに覚える気があるかどうかは分かりませんけど、そういう魔術があるってことは教えてやってください。多分、喜びます」

「分かりました。えーと、それで話は戻りますけど、分かりました。この工房の持ち主について。ちょっと時系列順に並べますね」

幻影の書物がいくつも宙に浮き、肝心な記述があると思しきページが解けていく。

そしてその一枚一枚が、カーの正面に整列した。

「……すげえ」

その一枚には、鷲鼻の老人の絵姿があった。

「パルム・トルフ。元宮廷魔術師です」

「宮廷魔術師が何でまた、こんな所に……いや、何となく見当はついたけど」

「はい、お尋ね者なんですよ。モンスターの強化を研究していたそうですが、王国軍でのデモンストレーション時にモンスターを制御しきれずに大暴走。多くの負傷者を出して首になり、そのまま山賊の幹部になりました」

違うページが、輝き始める。

「強化したモンスターで、あちこちの村を襲撃。現場での実験を繰り返していたようで、この山賊団は次第に大きくなっていき、王国軍が追うのは当然、冒険者ギルドでも賞金が懸けられていました」

パルム・トルフの絵姿に、賞金首の金額が追加された。

「この山賊団は最終的に王国軍が討伐しましたが、パルム・トルフは戦いのドサクサに紛れて逃亡。おそらく、討伐戦の時に死んだと思われていたんでしょうね。少なくとも今までは」

「どこをどう流れたのか、ここに潜伏していた、と……いや、でも多分ですけど、その討伐戦の前から、逃走用に水棲モンスターの用意もしてたんじゃないでしょうかね」

「……あり得る話です。人が住むところの傍には、川がありますからね」

「この海賊島で研究を始めてからの記録は、ここにありますね」

カーは、空間投影された本棚を消すと、日誌を再びめくった。

「日誌の最後。嵐が近付き、港の様子を見に行くと記されています」

「この記述の嵐は、臨海学校の直前にあった嵐とは当然、違いますよね。それにしては、この工房は朽ちすぎています」

「ええ、数年前の出来事です」

「それで、その嵐に巻き込まれて、そのまま海に……？　なんてベタな……何らかの工作って可能性はないんですかね。いや、ないか。偽装工作する理由がまったくない」

「ここで研究していればいいんですからね。どこかで実験……例えばイスナン島に襲撃を行うとしても、こんなふうに書く必要はありません」

「ああ、でもあれですよね。イスナン島を襲ったモンスターの群れや、やたら強い海底神殿のモンスターの理由も、おそらくはこれですよ」

ケニーは、日誌に指を突きつけた。

「この海賊島では、強化されたモンスターを飼育していました。これらが脱走しないように、内側に働く結界とかそれに類するモノを用意していたはずです」

「妥当な推測だと思います」

カーが同意する。

「パルム・トルフがいなくなって数年経過していますが、海中なら食べるモノもあったのではないでしょうか。あるいはモンスター同士で殺し殺されの、独特の生態系ができていたかもしれません。

とにかく、このモンスター達はこの島の周辺だか内海だかで生き延びていた」

ケニーは、モンスターの巡回を示すように、指をクルクルと回す。

しかしケニーの手が一旦閉じられたかと思うと、大きく開かれた。

「それが、今年の台風で、結界的なモノが損傷された。モンスター達は、外の海に広がります。そうなると、周りのモンスターがどうするでしょうか」

「逃げますね。……それがイスナン島になだれ込んだ。そして周辺海域には、今も強力な水棲モンスターが存在している」

「あくまで、俺の推測ですよ」

「学院長には、知らせておきましょう」

「……ここが賞金首の隠れ家だとすると、間違いなく海軍が来ますよね。じゃあ、発見者としては、この海賊島は、学院よりも冒険者ギルド経由で国に売った方がよさそうです。その方が、トラブルは少なくて済みそうですから」

「じゃあ、それも学院長に報告しておきますね」

「よろしくお願いします」

お化け屋敷は続いているが、スタークが旅に出ることになった。

もっとも、手荷物も何もない、気楽にも程がある旅のようだ。

見送りは、ケニー、ソーコ、リオンのいつものメンバーだった。他の生徒達は今も、お化け屋敷の参加者を脅かしている真っ最中である。

「短い間だったけど、世話になったな」

スタークの差しだした手を、ケニーは握った。

「いや、こっちもアンタがいてくれてお化け屋敷の製作捗ったよ。これからどうするんだ？」

「そうだな、とりあえず向こうにある島、ウォーメンに行ってみようと思う」

手を離すと、スタークはある方向を指差した。

「魚人島か」

ウォーメンはマーマンやマーメイドが多く住む島で、リゾート地としても知られている。

「あそこでは、土着の古代神を信仰しててな。つまり、オレ様の本体となる異界の神なんだが。今も信仰してるのかどうかは知らんが、船の墓場の元凶ともなった触手の本体でもある。報告は必要だろ。そういうのが何もなくなってたら、その時はその時で適当に海を漂うさ」

「確かあそこにも神殿はあったわよ。去年は特に興味もなかったから行ってないけど」

ソーコがそんなことを言い、リオンも話を引き継いだ。

「それにウォーメンならわたし達、現地の職業体験っていうことで行くことになってます」

「何だよ、お別れかと思ったらすぐ再会とか締まらねえな」

スタークは苦笑いを浮かべ、肩を竦めた。

「まあ、いいや。向こうに着いたら神殿を訪ねてくれ。タック神教ならオレ様も居候してるはずだ。何かと融通できるかもしれないぜ」

「飯が割引になるとか？」

「ケニー君……」

力なく笑うリオンの腰に、ポンとソーコが手を置いた。

「……リオン。気持ちは分かるけど、ケニーだからしょうがないわ」

「クハハ！　その程度の交渉なら問題ないだろうぜ。とにかく、じゃあな！」

スタークは勢いよく砂浜を跳躍し、そのまま弧を描いて海に飛び込んだ。

海の底を進むのだろう、スタークの気配はもう分からなくなっていた。

「行っちゃったか」

「あとは海賊島の件ね。戦闘魔術科の連中の干渉もさすがになくなったけど……オッシ先生が来るって可能性は？」

何しろ侵入者はことごとく気絶させて、所属している魔術科へ送り返しているのだ。

生徒達ではどうにもならないと、オッシ自身が来る可能性もあるのでは、というのがソーコの懸念だった。

ただ、ケニーは首を振った。

「一応考えたけど多分ない」

「何で言い切れるのよ」

「俺じゃなくて、カー先生の勘だよ。俺が『城』にお化け屋敷の企画を持っていっただろ。カー先生が、その後会議の席でレクリエーションに参加表明したら、あの人顔が引きつってたらしい。で、もしかしたらって言っててな」

「え、それってオッシ先生……」

ケニーは答えず、ただ頭を掻くのみだった。

イスナン島の港。

「私は行かんぞ」

オッシはお化け屋敷に誘ってくれた生徒に対し、背を向けた。

ゾンビやスケルトンはまだいいし、直接姿を現す幽霊系も我慢できる。

ただ、心霊現象など「何だかよく分からない現象」がオッシはすごく苦手だった。

「……何だってお化け屋敷なんだ」

「先生？」

「いや、何でもない。とにかくそういうレクリエーションは、他の生徒達と楽しみたまえ」

苦手なのがバレやしないかと、ひやひやするオッシであった。

第四話　生活魔術師達、現地の職業を体験する

臨海学校も後半に突入し、それぞれの科が各自の課題をこなしていた。


魚群の神殿。

ここでは戦闘魔術科の生徒達が、ダンジョンの最深部に向かって探索を行っていた。

例年通りならば、既に大半の層の攻略を終え、仕上げに入ろうかという時期である。

……が、今年の彼らには、それは少々荷が重かった。


エド・フォワードは、牙の生えた大魚を、水の刃で切り伏せた。

「チイッ、厄介な。ドイツもコイツも硬すぎるんだってんでい、コンチクショウ！」

「ああ、去年よりも間違いなく強くなってやがる。やっぱりあの噂はマジなのかね」

アリオスの呟きに、エドがアリオスを睨みつける。別に怒っているのではなく、単純にそういう反応が彼の場合は、普通なのだ。おかげで誤解も生みやすい。

「あぁ、噂ってのはあれかい？　どこぞの賞金首が海賊島でモンスターを強くする研究をしてて、そいつらがこの海底ダンジョンに流れ込んできたっていう与太話」

「噂っていうけど多分本当よ。今、海軍が、海賊島を取り囲んでいるわ」

ハンナも話に参加してきた。アリオスやワーキンとよくパーティーを組む、戦闘魔術師だ。

生活魔術科はお化け屋敷を催した後、冒険者ギルドを経由して、海賊島を手放したのだという。

新しく発見された島であること、賞金首が潜んでいた形跡があったこと。

どちらが理由か、もしくは両方が理由なのかは分からないが、生活魔術科が海賊島を手放したという話が出た翌日にはもう、海軍の船は島を取り囲み、島の中も立ち入り禁止となっているらしい。

「……噂の真偽はどうでもいいさ。ただ、この辺りのモンスターは間違いなく厄介だ」

「そこは同意ね」

「ハッ、だからって退く訳にゃあいかねえな！　海の中は魚人（オレタチ）の場所（シマ）！　ちぃっとドーピングかましたモンスター風情に尻尾巻いて逃げたとあっちゃあ、一族の名折れってもんよ！」

新たに来た、怪魚の群れに、エドは威勢よく飛び掛かっていく。

そんなエドを見ながら、ハンナはアリオスに小声で念話を送った。

「……ねえアリオス、魚の尻尾って巻けるの？」

「……いや、知らん。まあアイツは心配いらないだろうが、戦闘魔術科（ウチ）でも怪我人が増えてきている。このままだと、今年は最深部まで到達できないかもしれないぞ」

「うーわー……事情を知らないＯＢに、嫌み言われるパターンだわそれ」

ぼやきながらも、エドにだけ負担を掛ける訳にはいかないと、二人もまた戦いに参加しようとする。

しかし、その出鼻を挫くように、新たな怪我人を担いだ魚人が奥から現れた。

「おおい！　また負傷者だ！　誰か付き添いを頼む！」

「やれやれ……一日何人、施療院送りになってるんだ、これ」

◇◇◇

イスナン島施療院は臨海学校が始まってから暇になったことが、一度もない。

何しろ、島を占拠するモンスターの駆除から始まり、海底神殿の探索は今年は特にモンスターが強く、怪我人が続出している。

ベッドの数もとても足りず、床にシートを敷いて、怪我人を横にしていた。

当然医師や看護師にも余裕がなく、忙しなくあちこちを駆け回っている。

そんな戦場のような院内を、生活魔術科の生徒であるリオンは手伝っていた。

「リオンちゃん、濡れタオルお願い！」

「はい！」

看護師の言葉に、リオンは絞ったタオルを広げ、手裏剣のように投げ放った。

飛来するそれを受け取った看護師は、患者の額に当てる。人が多すぎて、まともに歩くのも大変なのだ。リオンの投げタオルはむしろ効率的と推奨されていた。

また別のベッドでは、違う看護師が外に出ようとする生徒を押さえつけようとしていた。

「あ、こら勝手に動くなって言ってるでしょ⁉　まだ安静にしてないと！」

「もう動けるんだから、充分だ。身体が鈍っちまう」

脇に制服と緋色のローブを抱え、上半身裸の少年が看護師を振り解こうとしていた。

看護師はポケットに入れていた、丸まった包帯を掲げた。

「リオンちゃん、拘束お願い！」

「はい、『浮布（バンディー）』」

リオンが杖をかざすと、看護師の手の中の包帯が解け、暴れていた生徒に絡みついた。

「ぐっ⁉　こ、この……」

幾重にも身体に包帯が巻き付き、生徒は身動きが取れなくなった。

看護師は力を込め、少年を再びベッドに引き戻した。

「はい、確保！　ありがとう、リオンちゃん」

「いえいえ」

会釈するリオンだったが、新たな要請が違う方向からきた。

「リオンちゃん、こっちにまた消毒液連れてきてくれるー？」

「はーい。行って、『浄霧（ミスティアテ）』」

リオンは、手元の消毒液の瓶に、杖を当てた。

コンと軽い音がし、霧状になった消毒液が空中に漂う。

リオンは杖を振るい、怪我人のいる方向に行くよう『浄霧(ミスティアテ)』に指示を送った。

「はい！　……大忙しだなあ」

『浄霧(ミスティアテ)』を見送り、リオンは小さく吐息を漏らした。

ほんのわずかな休息、すぐに別の看護師が声を掛けてきた。

「リオンちゃん、こっちの子にあの魔術お願いできる？」

看護師の傍らには、おそらく吸精ウミウシか何かに襲われたのだろう、青い顔で気絶している少女が床に横たわっていた。

「あ、はい」

見舞いの花や果物は、大量にある。

リオンは果物に左手を当て、患者の胸元に右手を置いた。

「――『与精(トランエネル)』」

果物が見る見るうちに萎れていき、代わりに患者の顔に血色が戻ってくる。

花や果物の栄養素だけを吸い出し、他の生き物に与える生活魔術である。

「ありがとう！　また必要になったらお願いね。もちろん無理のない範囲で」

「あ、はい」

魔力の消費は少ないとはいえ、それでもリオンにも疲労は蓄積する。

本当に疲れたら申し出るつもりだが、幸いなことにまだリオンには余力があった。

ふぅ……と息を吐くリオンに、感心した声が掛かった。

「便利だよねー、リオンのそれ。あたしでも覚えられないの？」

リオンの友人フォウだ。

「あ、覚えられるよ。カー先生が作ってくれたテキストあるから、それ読むだけで」

友人の問いに、リオンはあっさり答えた。

「え、マジで？」

「うん、ちょっとテキスト分厚いけど持ってこようか？」

「ぶ、分厚い……？　ごめん、やっぱりいいや」

勉強はあまり好きではないフォウであった。

「でも、フォウちゃん、ここに来てからずっと暇暇言ってるよね？　暇つぶしにはいいと思うよ」

「暇つぶしなら、水晶通信眺めている方がいいや。本当なら身体動かせるのが一番いいんだけどね」

「……フォウちゃんのいう身体動かせるレベルって、もう普通に退院だと思うんだけど」

リオンの言葉を無視して、フォウは大きく腕を前に伸ばした。

「あーあ、本当なら今頃の時間、海底ダンジョンに潜ってるはずなのになぁ……って言っても、トップグループには程遠いけどさー」

「あんまり無茶しちゃダメだよ。退院してもすぐにまたここに戻ってくることになっちゃうんだから」

「……無茶してなかったのに、ここに来たんだけど、あたし」

ガクン、とフォウは頭を垂れた。

ちなみに怪魚に後ろから撥ねられたのが、フォウが入院した理由である。

「うわっ、ごめん。そういう意味じゃないんだよ⁉」

「あはは、分かってるって。ただ、いつもよりちょーっと厳しいんだよね。本土での実地訓練だと、もう少し安全マージン取ってるのにさー」

フォウの説明によれば、戦闘魔術科では最前線にトップグループが切り込み、中堅グループがその後を追う。さらにその後ろを多くいる並の生徒達が荷物や補給物資を抱えて続いていく……という形なのだという。

フォウは並の生徒なので、本来なら荷物を抱えて中堅グループの後ろなのだが、今年の海底ダンジョン探索においては、ほとんど中堅グループ並みの戦闘の激しさらしい。

フォウだけではない、本当に技術的に未熟な生徒以外は、ほぼそんな状況なのだという。

怪魚による追突事故も、そんな疲労の隙を突かれてのことだった。

「え、そうなんだ。何で？」

「何でって、そりゃウチの先生が、生活魔術科に妙に対抗意識持っちゃってるからでしょ」

フォウは目を細め、リオンの胸元に指を突きつけた。

「ふぇ⁉」

「ふぇ、じゃないよ。予算会議の一件での生活魔術科のボイコット、あれはあれで正しいとは思うし、あたしだって責めるつもりはない。でもさ、その後やたらオッシ先生が、そっちを意識してんの丸わかり」

「そ、そうなの？」

「そうなんです。なーんかね、ウチのトップグループとかは生活魔術科如きとか上から目線だけど、あたしら並のグループはそっちを舐めてない。少なくともまぐれで、この臨海学校でのランキング第二位はないでしょ」

「割とまぐれの部分があると思うけど。海賊島の件とか」

あれは完全に偶然だ。

首謀者であるケニー・ド・ラックすら、そもそも想定外。

幽霊船を造ったのは、本来の目的は使い魔レースでの優勝にあったのだから。

「うん、そうそれとかも上位グループのアリオス君とかワーキン君とかはよく言ってる。でも大前提として、幽霊船を使い魔にするって考える時点で普通におかしいから。何でそこ突っ込まないのよ⁉」

「ごめん、それ最初、わたし達もケニー君に突っ込んだ」

苦笑いを浮かべるリオンに、フォウは唸った。

「やっぱりアレがラスボスか……」

「また人聞きの悪い……しかも否定しづらい」

そこでふと、リオンは思い出した。

「って、盛大に話が脱線しているよ。無茶して怪我をしちゃダメだって話だよね」

「ま、そうなんだけどね。戦うからには怪我を負うよ。これはどうしようもないんだ。だってこっちは相手を倒そうとしてるんだし、それは向こうも同じ。隔絶した実力差がなかったら、どうしても無傷って訳にはいかないよ」

「はー」

フォウの言い分に、リオンはちょっと感心してしまった。

「何よ、その顔」

「あ、いや、戦闘魔術師ってそういう認識なんだなって。何か、戦いのプロっぽい」

「え、そう？　今のあたし、もしかしてちょっと格好良かった？」

「うん、少し」

ただ、そこで喜ぶと、あんまりプロっぽくないなあ、とも思うリオンである。

「あはは、照れるなあ。ま、オッシ先生もあまり無茶なことは言わないよ。あたし達魔術師はどうしても鎧とかは装備できないから、防御が弱い。動きながら戦える人なんて、ほとんどいないもの。だから平凡レベルの魔術師は、集団で行動するようにって言われてる……けど、それでもこうなる時はなるんだけど」

フォウは包帯の巻かれた左腕を掲げてみせた。

そしてため息をつきながら、身体を前に倒した。

「戦闘魔術科の存在意義としてモンスターを退治するのは分かるし、強くなっていくのは楽しい。けど、どうも今回はやっぱりきついよ。モンスターの質が普段より数段増しって感じ」

「うーん……」

施療院で、そんなやり取りがあったことを、リオンは話した。

「――ってことがあったんです。でもこれって戦闘魔術科の問題ですし、わたしには口出しできませんから」

話を聞いていたのは、生活魔術科の科長カティ・カー。

二人は果物の入った紙袋を抱え、大通りから港に向かう最中だった。

「そうですね。余所の魔術科の方針ですから。ただ、やはり怪我人が多いのは問題だと思い、私の方でもオッシ先生に、話はさせてもらったんです」

「え、先生も？」

「施療院がいっぱいいっぱいになってて、これ以上入りきれないレベルになりそうなのは、私も耳にしていましたから。ただ、話は聞いてはもらえましたが、やめるつもりはなさそうでしたね」

「あんなに、怪我人が多いのにですか？」

ふと、港の方から担架で運ばれてくる、緋色の集団が目に入った。

担架に担がれている生徒は水着の上から緋色のローブを掛けられ、担いでいる二人も、戦闘魔術科の生徒達だ。また、怪我人が出たらしい。

「例年よりも、海底ダンジョンの攻略が進んでいないのが大きいんじゃないかと思います。ほら、あともうちょっと行けそう、いや、これ以上は厳しい……ってところの見極めって、難しいですよね？」

「確かに……」

そんなことを話していると、やがて港は目前に迫っていた。

「あ」

カーが足を止め、リオンもそれに倣う。

戦闘魔術科の小型船が何隻も並び、生徒達が荷物の積み込みをしている。

その監督をしているのは当然、科長であるゴリアス・オッシであった。

オッシもまた、カーとリオンの存在に気付いた。

「……これは、カー先生。それに、リオン・スターフ君か。君達もダンジョンに向かうのかね？

……いや、その紙袋の中身は、武器ではなさそうですな」

「いえ、私達はこれから、魚人の島ウォーメンに向かうところです。向こうで職業体験を行う予定になっていますんで。これは休憩用のおやつです」

カーの説明に、オッシは何とも言えない表情をした。

「……リゾート地で職業体験とはまた、優雅ですな。しかも、おやつ付きですか……」

カーはオッシの表情は意図的に無視したようだ。

そして、チラッと疲労の色が見える、戦闘魔術科の生徒達に視線をやった。

「オッシ先生、そちらの生徒達は、もうそろそろ……」

しかしカーの言葉は続かない。

オッシに駆け寄った生徒が、敬礼をし、声を張り上げたのだ。

「先生、第八層突破完了いたしました！」

その報告に、荷物の積み込みをしていた生徒達も作業を止める。

「よし、あと二層だ。第十位までで、脱落者は？」

「まだ、いません。エド・フォワード、アリオス・スペードが現在、船の上で休憩を取っていま
す」

オッシは報告した生徒だけでなく、作業を行っていた生徒達にも顔を向け、声を上げた。

「ならばこのまま継続だ。この課題は、一人でも最下層に到達すれば終了となる。ここが踏ん張り
時だぞ……支援している第十一位以下の者達には厳しいだろうが、まだいけるな？」

「……は、はい！」

「よし、ならば行け！」

オッシが大きく手を叩くと、生徒達は再び動き始めた。

こうなると、カーも何も言えない。

戦闘魔術科の中でのことを、別の科が口出しするのはやはり、難しいのだ。

オッシと別れ、カーとリオンは自分達の船、幽霊船・幽号（カスカ）に向かう。

ケニーやソーコ、生活魔術科の生徒達は既に、船の中で待機中のはずだ。

「あの、カー先生。すごく言いづらいんですけど……」

リオンは、小声でカーに言った。

「はい？」

「先生から『いけるな？』って言われて、無理ですって答えるのって、すごく難しいと思うんです……」

「……そうですね。とはいえ……」

ふぅ……と、カーは息を吐き出した。

魚人島ウォーメン。

その桟橋から、大海原に向かってカーは叫んだ。

「鯨さん達の歯磨きも必要なんですよ！　虫歯になったら歯医者さんが命懸けなんですからーーーーーっ‼」

そんなカーの背中を、ケニーは指差した。

「おい、リオン。何でカー先生、海に向かって絶叫してるんだ？」

「先生も、色々とストレスも溜まるんだよ。しょうがないと思って」

まあ、事情を知らないケニー達からすれば、突然叫びだしたカーに驚くのは無理もないだろう。

「ねえ先生、人目もあるからそろそろ鎮まってくれる？」

ソーコの言葉に、大きく息を吐き出し、カーは振り返った。

「……ごめんなさい、イナバさん。ちょっと色々あったんです」

「ま、そういうこともあるわね。それより先生、仕事についての説明をお願いするわ。私達は去年もやったけど、初めての生徒もいるんだし」

ソーコが桟橋に並ぶ生徒達を、手で指し示した。

「あ、そうですね。じゃあ、説明します。皆さんが持っているのは、特製の歯ブラシです」

ソーコはもちろん、他の皆も全員、大きなブラシを持っていた。

柄が異常に長く、まるで槍のようだ。穂先となる部分は、柄に沿ったブラシとなっている。

桟橋といえばデッキブラシだが、この場合はカーの言う通り、どう見ても巨大な歯ブラシであった。

「デッキ磨きと思っている子もいるようですが、違います。それは見た目通りの歯ブラシで、磨く相手は彼らです。皆さん、お願いします」

カーが手を叩くと、桟橋に高い水柱がいくつもあがった。

そして大きな存在がこちらに向かって倒れ、桟橋スレスレに横たわった。

漆黒の巨体につぶらな瞳、そして大きな口。

「く、鯨？」

ディン・オーエンが初見の生徒達を代表するように、声を漏らした。

知っていた生徒達は、驚くディン達に満足げな表情だ。

「はい。普通の歯磨きと違うのは、皆さんは鯨さん達の口の中に直接入って、歯を磨いてもらうということです。もちろん、歯ブラシ以外に思いつく生活魔術があれば、それを使ってくれても全然構いません。特に、口をゆすぐための『抽水（アクエル）』は必須ですけど、これは皆さん、修得済みですね？」

カーの注意に、全員が頷いた。

さすがに水を発生させる『抽水（アクエル）』は、生活魔術における基本中の基本なので、全員使えるようになっていた。

ただ、とディンが小さく手を挙げた。

「あの、思いつく生活魔術があればっていうけど、本当に今すぐっていうのは……」

「鯨さん達が集まるのはお昼前になりますから、それまでは自由時間で、島の観光になります。その間に思いついてください」

「ちょ、それでも残り数時間なんですけど」

慌てるディンに、ソーコやケニーが忠告した。

「魔術を組めるかどうかは考える必要ないの。『こういう感じの魔術はできるかどうか』をカー先生に相談して。先生ができるって判断したら、多分できるはずだから」

「生活魔術は、組むのはそれほど難しくないからな。まあ、それでもできない時はできないけど、そこを判断してくれるのが先生だから、丸投げしていいんだ」

そんな二人の説明に、今回初めてこの職業体験に挑む生徒達が、一斉にカーを見た。

「あ、あの、お手柔らかにお願いしますね。一度に沢山は、ちょっと」

さすがに怯んだカーだったが、何とか立て直した。

「あと、恒例なんですけど、この鯨の歯磨きは競争ですから」

「え」

初体験組から、短い声が上がった。

「一番に終わったグループには、お昼においしいデザートが一品付きます」

「ちなみに、ここのデザートは、どれも絶品だ」

ビッと指を立てたのはケニーである。

「ケニー君が言うほどなんだ……」

「言うほどなのよ、ディン」

うん、とソーコが深く頷く。

それはすなわち、一位を狙う価値がある、ということを意味していた。

ただ、カーの説明はまだ続いていた。

「そしてビリのグループには、罰ゲームとしてこの島のアクティビティ……ボートを使った激流下りに挑戦してもらいます。ちなみに施設はあそこにあります」

カーが指差したのは、ウォーメン島の中程にある高い山だ。

山の頂点から大量の水が四方八方へと噴き上がり、島のあちこちに降り注いでいた。

そして水とは違う何かが山の頂点から出……よく見るとボートが、噴き出す水に乗っては甲高い悲鳴を道連れに、島の中へと落下していっていた。

「ちょ……あれ、山の頂上……ええええ、あ、あれに乗るんですか⁉」

ディン達、ドン引きであった。

「大丈夫よ。ビリになったグループだけだから」

余裕の表情を崩さないソーコに、ディン達は悔しそうな顔をした。

「うわ、自分は負ける可能性ゼロって顔だよ……」

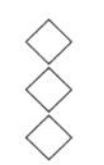

そして自由時間となった。

ケニー達は島の中心、山の麓近くにある神殿に向かった。

神殿は石造りで、その手前の参道も広い石造りとなっている。

参拝客らしき魚人達が、結構な頻度で行き来していた。

足を休めないまま、ケニーは建物を見上げた。

「ここがスタークが言ってた神殿か」

「前は来なかったよね」

リオンの言葉に同意する。

「特に、興味なかったからな。それより屋台巡りの方が重要だった。人間、人生で食べられる量は限られているからな」

「ケニー君、人生まで持ち出しちゃったよ……」

「事実だからな」

「ぴぃー」

フラムは物珍しそうに、参道をウロウロしていた。

珍しいピンク色の生物の動く様子に、魚人達は微笑ましいモノを見る笑顔になっていた。

「フラムちゃん、はぐれないように気を付けてね」

「ご心配なく。いざという時は私が見ています」

「よろしくね、サラサさん」

「はい。ですので、フラム様に関しては、お任せください」

「うん」

サラサ・トゥーリア。蛇獣人の娘である。

蛇獣人の多くは龍種を信仰しているという。

なので、火龍ボルカノの娘であるフラムの世話役というのは、彼女やその一族にとっては大変な名誉らしい。

「……それにしても、人が多いよね。神官もそうだけど、そうじゃないのに掃除しているのは、ボランティアかな？」

神官は皆、薄い着物のような水色の衣服なので区別がつくのだ。

それ以外で掃除している魚人は、水色の半被（はっぴ）のようなモノを羽織っていた。

「お祈りの場所は……まあ、人の流れを見れば分かるわね」

ソーコは言うが、見るも何もどう考えても、近付きつつある神殿の中としか考えられない。

神殿の近くに立っていた神官が、ケニー達に気付いて近付いてきた。

最初は人間の参拝客が珍しいのかなと思っていたら、神官の服を着たスタークだった。

お化け屋敷イベントの別れから、ほんの数日での再会であった。

「よう、来たか。短い別れだったな」

スタークは、右の三つの手を挙げた。

「ひゃっ⁉」

スタークは、左右合わせて六本の腕を生やしていた。

加えて首筋にはエラと思しき切り込みも、増えている。

「おーおー、いいリアクションだ。そりゃあ驚くよな。腕が増えてるんだから」

「まあ、そういう能力があるのは知ってるからいいんだけど、何で増やしてるのかが気になるな」

「そりゃあケニーよ、オレ様が人間とまったく同じ姿だと、島民に祈られにくいだろう？　これなら――」

すれ違う魚人の参拝客が、何やら両手の指を組み、スタークに会釈していく。

「――ほらな。みんな、祈りを捧げていく」

スタークも一番下にある一組の手で指を組んでいた。

おそらく、この神殿の印なのだろうと、ケニーは推測した。

そしてスタークの腕が増えたことよりも、実はもっと気になることがあった。

「……で、後ろですごい圧力を掛けてきてくれている女性は一体、何者なんだ？」

十人中十人が間違いなく美女と表現するだろう、とても派手な女性で、スタークよりもよほど存在感が強い。

ただ、それ以上に強烈なのが、彼女から発せられる覇気とも呼べそうな、威圧感だった。

おかげで彼女の周囲だけはまるで避けるように、人気（ひとけ）がなかった。

「ああ、ティティリエだ。オレ様の知り合いで、それなりに長い付き合いになる」

ティティリエ……はて、どこかで聞いたような気がするな、とケニーは記憶を探る。

その横で、リオンが首を傾げた。

「え、でも確かスタークさんって、何百年も海の底で封印状態だったたんじゃ……」

「だから、その頃からの付き合いなんだよ。なあ？」

スタークが手招きすると、ティティリエと呼ばれた女性は滑るような動きで、彼の横に並んだ。

小さく頭を下げると、彼女はスタークを見た。

「……」

ほとんど唇が動いていないが、小声でスタークに囁（ささや）いているようだ。

「ああ、前に話したろ？　一緒に『ヤツ』と戦った、本土にある魔術学院の生徒達だ。それからも

しばらく世話になった」

「ティティリエ……？　って、どこかで聞いたような……それに、姿も……」

リオンの疑問に、やっぱりか、とケニーはさらに考えた。どこかで聞いたか目にしたか、そんな名前なのだ。

疑問に応えたのは、ソーコだった。

「姿は確か、イスナン島の『城』に絵画が飾られてたわ」

「ティティリエといえば、遥か古代の海底都市を治めていた、女帝と同じ名前ですね」

抑揚のない口調で説明をしたのは、眼鏡の少女だった。

「博識だな、嬢ちゃん」

「パイと申します」

生活魔術科の中でも物知り、本の虫、書物のためなら命を懸けるといわれているパイであった。

ティティリエのことぐらい、普通に知っていてもおかしくはなかった。

ただ、それはあくまで伝承にある存在としてである。

スタークが、ケニーを見た。

「……ケニー」

「何だよ」

「ここだけの話、その本人だ」

「まあ、数百年も海の底で眠ってた人間が言うんだから、特に疑うつもりはないぞ」

ケニーは驚かなかった。

何しろ、スターク自身相当に非常識な存在だったのだし、いまさら古代の女王が出てきても、そういうこともあるだろうな、と思うしかなかった。

「それでティティリエがここにいるのは、オレ様を待っていたからだ。数百年」

「……ちょっと、スケールが大きすぎて、話についていけないいんだが」

「『ヤツ』の討伐は、彼女の頼みだったんだよ。まあ、ここにずっといた訳じゃなくて、年に一度って単位だったらしいんだが。ずっとオレ様が戻ってくるのを待っていたんだと」

「すごく強そうに見えるんだが……実は、戦うのが苦手なのか？」

「いや、実際強い。ただ、強すぎて『ヤツ』とやりあったら、本土を数メルトの大津波が襲ってただろう。だから、オレ様が戦うことになったんだ」

ダンジョンである、海底神殿を造ったのも彼女なのだという。あれはイカの封印を維持するのと同時に、封印したスタークの力を維持するモノでもあった。

「なら、『船の墓場』が中心じゃないとおかしくないか？　何で端っこなんだよ」

「……だから、ティティリエは力が強すぎるんだって言っただろう。最初造ろうとしたのは、ささやかな祠（ほこら）だったんだと。下手に地面弄（いじ）って、封印が解けたらコトだろ？」

それでできたのが、海の底に眠る巨大な神殿である。

「この国の子孫を勝手に代表して、礼を言うよ。けど、その古代の女帝様を俺達に紹介してどうするんだ？」

これまでの経験から、また何か厄介事かと、ケニーはわずかに身構えた。

「いや、『ヤツ』の討伐に、協力してくれたことを話したら、ティティリエが何か礼をしたいって言うんだよ。何か、あるか？　宝の山ぐらいなら簡単に出してくれると思うぞ」

珍しくケニーの勘は外れたらしい。いや、これはこれで厄介か？　ともケニーは思う。何しろそんなモノが欲しくて、スタークを助けた訳ではないのだ。

ケニーは幽霊船を造るために『船の墓場』を解体しただけで、スタークを助けたのも怪物を倒したのも、ただの流れに過ぎない。

宝の山なんて言われても、荷が重すぎるのだ。

なので、他の皆に話を振ることにした。

「……って話だが、船造りに参加した連中、何かあるか？　ちなみに俺は特にないというか、まず今日はこれから職業体験だからなぁ」

「宝の山より、そっち？」

苦笑いを浮かべるソーコ、そしてリオンはケニーに同意した。

「でもまあ、ちょっと分かるかな。どうせなら、もうちょっとじっくり考えたいよね」

「ああ、それは言えてるわね」

他の皆も特に、宝の山を欲しいという者はいなかった。

「じゃあ、とりあえずは、この神殿で海の祝福を授けてやるか。御利益は魚が釣りやすくなったり、酔いにくくなったりする」

それでいい、ということになった。

タック神教で祝福を授けてもらい、屋台を冷やかしていると、あっという間に職業体験の時間になった。

生活魔術師達は、再び桟橋に集合した。

「さあ、皆さん全員揃いましたね。それじゃあ『鯨の歯磨き』を始めましょうか」

「お、大きい、ですねぇ」

ディンが正面の鯨を見上げていた。彼らの前では、十数体の鯨も集合していた。

胴体のほとんどは海の中だが、頭部分だけでも壮観である。

「怯える必要がありませんよ。この鯨さん達は知能も高く、精神感応で人と会話もできるんです」

『みなさん、よろしくおねがいします』

カーの言葉に応えるタイミングで、皆の頭に鯨の念話が響いてきた。

『のみこんだりしませんから、あんしんしてください。ははは』

「ナイスジョーク……去年も言われたけど、ジョークだといいわね」

「ほ、本当に飲み込まれたら、シャレにならないよ」

ソーコもリオンも顔が引きつっていた。

『カー先生、一つよいだろうかのう』

中でも一際老体の鯨が、カーに声を掛けた。

「はい、何でしょうか」

『ここのところ、どうにも、お腹の調子がよろしくなくての……断るべきかどうか悩んだのじゃが、去年のこれが大層よくてのう……』

がばぁ……と大きな口を開く老鯨。

「そうですか。じゃあ、お爺(じい)ちゃんの担当は私がしますね。皆さんは、他の鯨さんをお願いします」

「らじゃー。それじゃ、始めようか、ソーコ、リオン」

鯨の歯磨きはグループ単位、ケニーはいつもの面子で組んでいた。

「あ、スタートは全員同時ですからね。フライングはなしですよー！」

そして、臨海学校の地元職業体験『鯨の歯磨き』が始まった。

◇◇◇

「『歯のゴミ取れろ』」

ケニーの『七つ言葉(セブン・ワード)』で、小さな岩のような鯨の歯についていた食べカスがボロボロと取れていく。

「すごい気合いだね、ケニー君」

『影人（シャドウ）』に手伝ってもらいながら、リオンはケニーの仕事ぶりに感心していた。

「去年は余裕ぶってブラシを使わなかったせいで、二位だったからな。今年は全力でやらせてもらう」

　歯を一本『抽水（アクエル）』で清めると、ケニーは次の歯の清掃に移った。

「去年のは余裕がどうこうっていうより、他の科のサポートで、みんな疲れてたっていうのが大きかったと思うんだけど。ああでも、それはみんな一緒か」

　ソーコの言う通り、去年の今頃はもうみんな疲れていた。

「でも、ケニー君はウチの科のフォローもしてたから、みんなより疲れてたかもしれないよ」

「リオン、フォローしてくれても、特に何も出ないぞ」

「そ、そんなつもりじゃないよ？　っと、わたしも頑張らないと」

　リオンの言う通りもあったが、空間収納という魔術の都合上、あちこちに呼び出されるソーコの負担も大きかった。

「あら、リオンの『猫の手』、二本に増えてない？」

　リオンは両手で大きな歯ブラシを使い、それとは別に『抽水（アクエル）』に半透明な『猫の手』を二本、使用していた。

「あ、うん。何かさっき増えたの……海神様の加護？　原因があるとすれば、それなんだけど……」

「そりゃありがたい。『猫の手』でも、増えてくれれば助けになる」

「私の時空魔術には、特に恩恵がないわね」

わざとらしくため息をつきながら、ソーコは食べカスを直接亜空間へとしまっていた。もちろん、後で海へと排出する予定ではある。この食べカスは、魚達の餌にもなるのだ。

「……時空魔術と海神様には、何の関係もないからじゃないか？」

「微妙に納得いかないわね。しかもリオン、『影人』まで使ってるじゃない。問題ないの？」

リオンの使い魔は、基本の大きさなら同時召喚は三体まで。

それ以上になると、代償として身体の動きが鈍くなっていくのだ。

しかし、『影人』同時三体召喚に加え、『猫の手』を使っているにもかかわらず、リオンの動きに鈍っている様子はない。

「使い魔を使いながらでも使える魔術として考えたのが『猫の手』だからね」

「この際、この三人でも個人的に競争するか？　報酬は屋台の品、一つ奢りで」

また一本、歯をきれいにし終えたケニーが、そんな提案をした。

当然、ペースの変わらないソーコが、反対した。

「ちょっ、今それ言うのズルいわよ⁉」

「他のみんなはどうかなぁ」

他の生徒達を気にしているリオンに、ケニーは応えた。

「洗濯専門のアスタリカと、こびりついた食べ物のカスも腐敗させるチルダがヤバいな。あと元戦闘魔術科組は、みんな身体強化使うだろうから、多分想像以上に厄介だぞ」

「そっか。アイツらそれがあったわね。じゃ、ペースアップしないと駄目そうね」

「頑張るのはいいけど、歯は削り取るなよ」

「分かってるわよ」

◇◇◇

そして数十分後。

鯨の口から、リオンは外へ出た。

「終わったー……って、あれ？　やった、ソーコちゃん、ケニー君、わたし達が一位だよ！」

リオンがはしゃぎ、後ろのソーコやケニーに声を掛けた。

桟橋を見渡しても、まだ鯨の口から出た生徒は他にいないようだ。

そう考えていたら、すぐ隣の口からディンとウーワン・イが飛び出してきた。

「ふはー……って、あああ！　惜しかった……」

「アタシ達、トップじゃないのカ!?」

リオンの姿を認め、ディン達は落胆した。

「ディン君達、二位ー……ってあれ、ソーコちゃんとケニー君のリアクションがない？」

鯨の口から這い出てきた、ソーコとケニーはそのまま、桟橋にへたり込んだ。

「リオン、アンタ体力ありすぎ……」

「悪い……喋る気力も……今、ちょっと……」

頑張りすぎて、二人はもう動けないようだった。単に二人の体力がないせいなのか、それともリオンの体力が人一倍あったのか、微妙なところであった。

それからも、続々と他の鯨から生徒達は出てきた。

しかし……。

「カー先生、出てこないねえ」

そう、生徒全員が出てきてもなお、カーが老鯨の口内から出てくる気配がないのだ。

「いや、先生一人だし、遅いのはしょうがないんじゃない？」

ディンの当然の疑問に、ケニーは首を振った。

「去年のこの仕事だけどな、カー先生はダントツの一位だったんだよ。だから、こんなに遅いのは、さすがにちょっとおかしいと俺も思う」

ならばどうすればいいのか。

答えは単純で、ケニーは老鯨に声を掛けた。

「なあ、お爺さん。すまないけど、中の様子って分かる？」

『……うむ。歯磨きならとうの昔に終わっておる。今は、腹の中の様子を見に行ってくれておるのじゃ……』

「ああ、そういえば腹の具合がって言ってたっけ」

なるほど、そういうことなら遅くてもしょうがない。

『すまぬのう……無理はせんようにとは、言うておるのじゃが……精神感応も、体内となると少々勝手が違ってのう……』

「じゃあ、ちょっと俺も見に行っていいかな？　問題ないようだったらすぐ戻るからさ」

『構わぬぞ。儂も心配じゃからのう……ああ、入るのはあとせいぜい、三、四人にしといてもらえると助かる』

いくら鯨が大きいといっても、ゾロゾロと何十人も口の中に入れる訳ではないようだ。

ケニーも、そんな大人数で迎えに行ってもしょうがないと思った。

「そういうことなら決まりだな」

「いつものメンバーね」

「ぴぃ！」

「フラムちゃんも先生のこと心配なんだ。じゃあ、一緒に行こうか」

かくして、ケニー、ソーコ、リオン、フラムの三人プラス一体のメンバーが、カーを迎えに行くこととなった。

『……それと儂らの腹は迷路のようになっておる。下手をすれば、行き違いになるかもしれぬぞ？

それに、儂らは様々な生き物を飲み込んでおる……海の中に棲むモンスターものう……それでもよいか？』

「なら、尚更急がないとな。みんな、ちょっと行ってくる。ここで待機してて日射病になっても困るから、どこか木陰で休んでていいと思う」

ケニーは残留するディン達に向けて指示を送ると、老鯨の口内に入った。

口の中から、さらに喉の奥へとケニー達は進んでいく。老鯨が身体を真っ直ぐにしてくれているのか、下りに傾斜しているなどということはなさそうだ。

ただ、周囲の壁や床から分泌される粘液が、入り口近くより多いような気がする。

粘膜は赤く発光していて、灯りの必要はなさそうだ。

「足下気を付けて。何か口の中より滑りやすくなってるからね」

リオンが滑り止めの魔術を使った。

「雨の日の石畳って、妙に滑りやすいでしょ？　だからそれ用に覚えてたの」

なるほど、効果はバッチリで、ケニーの靴のグリップも効き始めていた。

「今のところ入ったことないけど、鍾乳洞系のダンジョンとかでも有用そうね」

周囲を見渡してみる……が、カーのいる気配は感じられない。

「さて、それじゃ、もっと奥に進むとするか」

しばらく進むと、左右への分かれ道になった。

「どっちだと思う？」

「ぴ！」

何故か、迷いなくフラムが右を指差した。

「何だフラム、分かるのか」

「ぴぃ？」

「……むしろ何で分からないの？　って言いたいのは分かった。よし、行こう」

「そうね、誰も判断つかないなら、フラムを信じましょ」

緩やかな傾斜や分かれ道もいくつもあり、さらに時々、熱い水が噴き出したり、緩い粘膜が落とし穴になったりと、ケニー達でも時々ひやりとする場面が何度かあった。

「天然のトラップ満載だな」

「……何気にこれ突破してる、カー先生もすごいと思うんだけど」

リオンの指摘にケニーは頷く。

「ああ、それは俺も思った。何気に読めないんだよな、あの先生……」

「ケニー、そこ宝箱が半分埋まってるわ。躓（つまず）くわよ」

ソーコに言われ、ケニーは足下に注意した。なるほど、気が付かなければ転んでいたかもしれない。かと思えば、違う場所では木製の船らしいモノも認められた。

「おっと……こっちには壊れたボートか。本当に何でも飲み込んでるなあ」

「あ、みんな見て。あれ、カー先生の目印じゃない？」

リオンが、蠢く粘膜の壁に、紫色の矢印を発見した。

「染色魔術ね。なるほど、追いかけてきてくれることを期待しての目印か」

さらに先に進むと、今度は人が数人入れそうな水たまりが待ち構えていた。

水たまりの向こうは壁のようで、これ以上進めない。

代わりに、壁には矢印が下を指示していた。

「ここからは、潜っていかなきゃならないみたいね。ええい、先生も諦めて、さっさと戻ってきてくれればよかったのに」

「……むしろ、ここまで来たから、どうせなら原因を究明したいって考えたんじゃないかな？」

「それは……一理あるわね」

ケニーが推測し、ソーコもそれを認めざるを得なかった。ただ、この水たまりの水がただの水かどうかが分からないと、さすがに入るのに不安があった。

「これ、溶けたりしないでしょうね」

「大丈夫だよ。これはただの海水。……カー先生も潜ってたみたいだし、いけるはずだよ」

リオンが『猫の手』で、水を確かめた。

問題がなさそうなので、三人とフラムは水たまりに飛び込んだ。

水中トンネルは少し手狭だが、泳いで進むのは何とかなりそうだ。

何事もなければ、だが。

「……そして現れる水棲モンスター達」

予想通りだよ、とケニーはぼやく。

「厄介ね。力の加減を誤ると、粘膜に傷がついちゃいそう」

ソーコの『空間遮断（ギロチン）』なら倒せないことはないし、実際に行っている。

けれど、加減し続けての戦闘というのは、想像以上にストレスの掛かる作業だった。

「ある意味では、火龍ボルカノの寝床よりも面倒だな。精神的なきつさって意味で」

もちろんケニーの『ハンドジェスチャー』で、水棲モンスターの動きを止めたりもしているが、苛立ちが募る。

「ねえ、二人とも。ここは発想を変えてみない？」

暢気な声を上げたのは、リオンだった。

「ん？」

「どういうこと？」

「ダンジョンの攻略というより、そもそもの目的に近いんだけど、このお爺ちゃん鯨のお腹をきれいにするって考えて、動いてみたらどうかな？」

む……と、ソーコとケニーは唸った。

「……なるほど、悪くない」

「それでいかせてもらうわ」

ほんのわずかな意識の変え方。

ただそれだけの話だったが、一行の動きは目に見えて、効率を上げていた。

水中トンネルも乗り越え、さらに通路を進むと広い空間に出た。

たとえるならあちこちに浮島の浮かんだ、乳白色の大きな池のよう。

ただ、その池の水面は大きく波打っていた。そのせいで浮島も緩やかに浮き沈みを繰り返しながら、不規則な動きで流れていた。

しかも、浮島を何者かが飛び跳ねていた。

いや、見覚えのある草色のローブは、ソーコ達の担任であるカティ・カーだった。

「いたよ、カー先生！」

リオンの声に気付き、カーがこちらを向く。

「スターフさん！　それにっ……ラック君っ、わ……っ、イナバさんも……っ！」

「いや、喋ってないで回避に集中しててくださいよ⁉」

ソーコが叫ぶ。

カーは別に浮島を遊びで飛び移っている訳ではない。その後ろには、何匹もの骸骨製の魚、スケルトンフィッシュが池から跳ねては、カーに噛み付こうと躍起になっていた。

「先に行って、ケニー、リオン！　先生はこっちに！」

立ち止まるソーコの横を、ケニーとリオン、フラムが通り過ぎていく。

ソーコは動き回るカーに意識を集中させ——空間的な距離を無視して引っ張った。

「きゃあっ⁉」

何故か、草色のローブだけが空間跳躍してきた。

「あ、あれ……？　何で座標が」

戸惑ったのは、魔術を使ったソーコだ。これまで何度も行ってきた魔術なのだ。失敗なら失敗でそれなりの手応えというモノがある。

しかし今のそれには、失敗の手応えがない。だからこそ、戸惑ったのだ。

しょうがないので、ソーコもケニー達の後を追った。

一方、そのケニーである。

「荒事なら、任せてください。スケルトンフィッシュの群れ？　それにスケルトンも……まずこれはどういう状況ですか？」

ケニーとリオンがカーを庇（かば）う形で、モンスターと対峙（たいじ）する。

「『塵（ちり）に帰れ』」

ケニーの『七つ言葉（セブン・ワード）』がスケルトンフィッシュ達を、ただの黒い塵に変えてしまう。

「『朱龍（バーミィ）』！　フラムちゃん！」

「ぴぃ！」

リオンの召喚したドラゴン、それにフラムがスケルトンを砕いていった。

「はぁ……はぁ……あ、ありがとうございました。原因は、あそこにいる、スケルトンの魔術師です」

カーは一際大きな浮島に佇む、ローブを羽織ったスケルトンを指差した。

スケルトンはケニー達の姿を認めると、カラカラと笑った。

「ほぉう、新手か！　また活きのよさそうな若者達じゃのう！　たまにならこういう騒々しいのも悪くないわい。いつもなら御免じゃがな‼」

「ずいぶんとお喋りな骸骨ね……」

「あれは、海賊島に隠れ住んでいた、パルム・トルフです」

ケニーはもちろん、その後説明を受けていたソーコやリオンも、名前は知っていた。

ただ、知っていたのと、何故ここにいるのかとは別問題なので、やはりケニー達は驚いた。

「あの魔術師？　どうして先生、あんな姿の骸骨で、それが分かるんですか？」

「本人が話してました」

「はぁ⁉」

本気でお喋りな骸骨なんだな、とケニーは呆れた。

「あの人が言うには、海賊島に隠れ住んでいたんですが、嵐に巻き込まれて海に落ち、鯨に飲まれてしまい、身体もこの池――消化液で溶けてしまったけれど、ギリギリ死ぬ前に意識を保ったスケルトンとして、生を長らえたそうです」

「……いや、スケルトンだから、それ死ぬ前じゃなくて死んでから意識を取り戻したんじゃないの？　あと、どれだけお喋り好きなのよあの骸骨！」

ケニーが突っ込みたかったところを、ソーコが全部突っ込んでくれていた。

「まあ、こういう場所ですから、人が来ることは稀なんでしょうね」

「いやいやいや、多分ここに棲んで以来、あの骸骨が出会った人間って先生が初だったと思うわよ」

稀とか、そういうレベルではなかった。

「とにかくさっさと捕まえて、ここを出ましょう。私も参戦しますんで！」

「あ、イナバさん！」

「こんなの、一撃で――」

ソーコは、『空間遮断』を放った。

しかし。

「うおっとぉ!?」

あろうことか、パルム・トルフは目視でそれを回避した。

あまりのことに、ソーコは絶句した。

「な……」

「時空魔術とは危ないのう、狐娘。じゃが、これならどうじゃ？」

ヒョイ、とパルム・トルフは骨の指をクルリと回した。

途端、ソーコは身体が不安定になるような感覚に襲われた。

「っ……違う、これ……コイツ、周りの魔力を乱したの……!?」

時空魔術が使えない。空間跳躍も『空間遮断』もだ。

いや、正確には、使うことはできる。けれど、今の状態で空間跳躍を行えば、どこに跳ぶか分からない。『空間遮断』は、味方や老鯨の腹の中を傷つけかねない。

「ソーコ！」

ケニーが、ソーコを守るように立ちはだかった。

何らかの方法で、ソーコの時空魔術が封じられた。

だとしても、ケニーの『七つ言葉』は、さすがに防ぐことは不可能のはず。

まずは、目前のスケルトンとスケルトンフィッシュの群れを倒す必要がある。

ケニーが『七つ言葉』を放とうとしたその瞬間。

「ものども、やれい!!」

「――――!!」

スケルトン達がけたたましい叫び声を上げた。広いとはいえ、それでも鯨の腹の中という限定された空間だ。その音は逃げ場を失い、部屋中を満たしてしまう。

「…………!!」

結果、ケニーの『七つ言葉』は、その大音声に掻き消されてしまった。

「マジか、このスケルトン……俺とソーコの術を防ぎやがった」

そしてその隙を突いて、何体かのスケルトンフィッシュが、下からケニーを襲う。

「『朱龍』！」

けれど、リオンが放った『朱龍』の一体が、爪と鱗、そして体当たりでスケルトンフィッシュを砕いていった。

だが、これは目前の危機を回避しただけ。

ケニーとソーコの魔術が防がれたという事実は、覆らない。

「パルム・トルフは元宮廷魔術師で、戦闘魔術師としても一級だったといいます！　その戦闘のセンスは決して侮れません！」

カーの言葉に、パルム・トルフは高らかに笑った。

「ふはははは、儂のことをよう知っておるのう、小娘。左様左様、そう易々と儂を倒せると思ったら大間違いじゃぞ。これでも長年研究と修行を積み重ねておる。久しぶりの実戦で、儂も昂ぶっておるし、ようやく完成したこの子のお披露目としても、ちょうどよいわい」

「この子？」

「そぉら、出てこいパヴェ三号」

カーの問いを無視し、パルム・トルフは指を鳴らした。

すると、消化液である酸の池の中から次々とスケルトンが出現し、寄り集まっていく。

やがて、骸骨の塊は鹿に似た角を生やした大蛇のような形を取った。

「スケルトンドラゴン⁉　そもそも、一号と二号はどうなったのよ⁉」

ソーコが叫んだ。

「ドラゴンというより蛇じゃないか？　あと完成したとか言ってたから、一号と二号は失敗したんだと思うぞ」

「ウチの国では、ドラゴンといえばああいうタイプなのよ」

ケニーの疑問に、ソーコが答える。

すると、抗議するようにフラムがソーコの裾を引っ張った。

「ぴぃー」

「ああ、もちろんフラムや、アンタのお母さんを否定するつもりはないわよ」

「ぴ！」

ならいいの、とフラムは短く鳴いた。

余裕はあるようにみせて、実はない。

スケルトンドラゴンは鎌首をもたげると、一気に急降下し、ソーコ達を狙った。

慌てて、今いる浮島から跳び退る。

「クソ、足場が不安定なのが厄介だな」

「ケニー、何か切り札的なのない？　私は時空魔術さえ使えれば……今度は失敗しない」

別々の浮島に着地しつつ、ソーコはケニーに相談した。

「切り札か。あるにはあるけど、あのスケルトン爺さん、隙がない。切り札ってのは基本、一回目が一番効果があるからな。リオンは？」

「あのドラゴンを一時的に何とかすることはできるよ。すごく危ない方法だけど、あのお爺ちゃんの気は引けると思う」

「よし、それじゃいってみよう」

迷う暇も、相談する時間もないが、ケニーは迷わなかった。

起き上がったスケルトンドラゴンが狙ったのはまたしても、ソーコ。どうやら蛇っぽいと言ったケニーは正しかったらしく、最初に狙ったソーコに執着しているようだ。

だから、リオンが最初に動けた。

酸の池に『猫の手』をつけ、呪文を唱える。

「いくよ、『与精(トランエネル)』」

池に浮かぶ未消化の食べ物から栄養素を抽出する。

リオンはそのまま飛び跳ね、スケルトンドラゴンの胴体にもう一本の『猫の手』を当てた。

そして抽出されたエネルギーを、スケルトンドラゴンに全て与えた。

「ちょっとリオン、敵に力をつけてどうするのよ⁉」

「いや、リオンよく気付いた‼　そうか、その手があったか！」

「はぁ⁉」

一瞬動きを止めたスケルトンドラゴンだったが、直後、大きく身体を振るって暴れ始めた。

「な……小娘、何をしてくれよるかぁっ⁉　クッ、鎮まるのじゃパヴェ三号‼」

パルム・トルフは呼び掛けるが、スケルトンドラゴンにはまったく届かず、暴走し続ける。

「リオンの読み通り！　この骨ドラゴンの制御は、爺さんでもいっぱいいっぱいだったみたいだな！」

「ぬ、うぅ……」

　そもそもの始まり、宮廷魔術師であったパルム・トルフの凋落は、軍とのデモンストレーション時に己が飼っていたモンスターが暴走したことにあった。

　ならば、パルム・トルフは己が制御できるギリギリを見極め、モンスターを限界まで強めていたはず。

　逆に言えば、さらに強くなったモンスターを、パルム・トルフは制御することはできない。

　誰が考えようか、自分達を襲うおそろしく強いモンスターに、さらに強化を施そうとするなど……この展開は、パルム・トルフにとってはまったくの計算外であった。

　そして、だからこそパルム・トルフは己の生み出した傑作、スケルトンドラゴンに気を取られた。取ってしまった。

「――隙あり。おい、爺さん」

　ケニーは、パルム・トルフに向かって手招きをした。

　途端、パルム・トルフはバランスを崩し、その場に倒れた。

「ぬあぁっ!?　な、なんじゃこらぁ!?　――げがっ!?」

『ハンドジェスチャー』……引き寄せ。

　たとえ『七つ言葉』が封じられても、今のケニーにはこの臨海学校で得たもう一つの力があったのだ。そして、魔力の乱れがなくなり、それはすなわちソーコの時空魔術が使えるようになったことを意味していた。

ソーコはその場から、パルム・トルフの頭上に跳躍、そのまま踵（かかと）落としでパルム・トルフの頭蓋骨を浮島に叩きつけ、砕いた。

「ふう、不意打ち成功。ナイス二人とも。そして、逃がさないわよ」

ソーコは亜空間から小さな瓶を取り出し、蓋をした。

中にはスライムにも似た軟体の塊……いわゆる人魂がどこか戸惑ったように泳いでいた。

「確か魂の重さは二十一グランだったわね。なら、この程度の小瓶で充分よ」

パルム・トルフを封じたせいか、乱れていた水面もやがて落ち着きを取り戻し、足場も安定してきた。

スケルトン達も力を失い、消化液の池に沈んでいく。

……どうやら老鯨の身体の不調の問題も、これで解決したようだった。

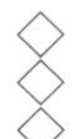

「あー、空気が美味しい……何だかすごく長い間、中にいたような気がするよ」
老鯨の口が開き、リオンは桟橋にへたり込んだ。
その横に、フラムが転がり倒れた。

「もうお昼なんてとうに過ぎてるじゃない。でも、これで問題は全部解決ね。お腹の具合はどう、鯨のお爺ちゃん」

続いて出てきたソーコが、老鯨に振り返る。

『おお、あれほどシクシクと痛んでおったお腹が、今ではスッカリ鎮まっておる……ありがとうよ、子ども達……して、先生はまだ戻っておらんのかの？』

「もう出てくるわよ。ほら、ケニーもう少しだから、頑張って」

ソーコが、ケニーを桟橋まで引っ張り出した。

「ああ……さすがに今日はもう、何もできないぞ……ホント疲れた……あー、でも最後に一つ」

「お疲れさまでした、皆さん」

そして最後の最後に、カティ・カーが姿を現した。

一足先に出ていたケニーが、カーを見た。

「……カー先生」

「は、はい？　どうしましたか、ラック君」

「先生が、最後です」

「え。あ、ああ、そうですね……それが、何か？」

確かに、カーが最後だ。残っている者など、いない。

「いや、何かというか最後がカー先生なので、あちらの激流下りは、先生ですよね？」

「……」

一瞬何の話か分からなかったが、何のことはない、『鯨の歯磨き』が始まる前に、自分が言ったことである。

すなわち、一番最後のグループはこの島のアクティビティに乗ること。

「ええっ⁉　いや、あの、それは……」

「今回、生徒のみって断りはなかったですし、理屈で考えると先生なのですが。ここにいる全員が、証人です。ちなみに俺達は、鯨の歯磨きを一番に終わらせました」

「あ、うぅ……」

反論しようにもケニーの言い分は正しく、カーにはもう一つ、新たな仕事が付け加わった。

十分後。

「ひゃあああああぁぁぁぁぁ死ぬうううぅぅぅぅ‼」

ウォーメン島に、カー先生の悲鳴が響き渡った。

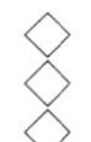

激流下りを体験し、疲労困憊（こんぱい）となったカーは、テーブルに突っ伏していた。
「……皆さん、お疲れさまでした。私も最後の最後が一番疲れました。お疲れさまでした」
ここはウォーメン島にある、とある酒場。

カー以下、生活魔術科の生徒達全員が揃い、少し遅めの食事となった。

「あああ……カー先生の言葉回しが、相当酷いことになってる……」

どうカーをフォローすべきか、困惑するリオン。

「……くー」

そのすぐ横で、ケニーが椅子に座ったまま、寝息を漏らしていた。

「こっちもすごいわよ。食事を前に、ケニーが居眠りよ。明日雨が降るかもしれないわ……まあ、食べる時には目を覚ますだろうけど。じゃあ、音頭取る人間がへたばってるんで、私が代理をするわ。みんな今日はお疲れさま！　いっぱい食べて、ゆっくり休みましょ！」

カーもケニーも使い物にならないので、ソーコが代理で乾杯の音頭を取ることになった。

テーブルに並べられた様々な料理に、生徒達の手が伸びる。

「フラムちゃんもお疲れさま。今日はいっぱい頑張ったね」

「ぴぃ！」

リオンは膝に乗るフラムを撫でながら、骨付き肉を与えた。

そしてリオン自身、大きく息を吐いて、魚介スープに手を付けた。

「あー、わたしもお腹空いた。本当に面倒くさかったよね、ソーコちゃん」

「ケニーの口癖が移ってるわよ、リオン。でもまあ、確かに事後処理は面倒だったわね……」

ソーコは、老鯨の体内での戦いの後のことを思い出していた。

パルム・トルフはあの後、魔物を強化した方法が、自分の造り出した薬であることを告白した。

そしてその中和剤の作り方も知っている、というのでリオンに控えてもらった。

パルム・トルフが正直に話したのは、ケニーが「言い渋るなら、霊体の専門家である心霊魔術科に頼んでアンタの頭の中の記憶を消していく」と脅したため。

パルム・トルフは特に死を怖れている様子はなかったが、自分の魔術の知識が消えることは一番嫌だったらしく、素直に応じた。

シド・ロウシャ学院長が瓶詰めになったパルム・トルフの魂を引き受け、今後は軍への引き渡しとなるだろうという話であった。

「まあ中和剤も学院長なら手早く材料の調達ができるでしょうし、海底ダンジョン付近のモンスターも早めに沈静化してくれるでしょ」

翌日の施療院。

リオンは、友人であるフォウ・テイラーに事の顛末を語った。

「ってことで、さっきもう中和剤ができたって話耳にしたし、怪我人はかなり減ると思うよ」

「リオンおつー。……ねえ、戦闘魔術科よりもきつい戦闘する生活魔術科って何なの？」

「わたしも、よく分かんないよ。何にしても、海底ダンジョンの難易度が下がるってことは、攻略も時間の問題だね」

まったく何でこんなことになってるんだろうね、とリオン自身も首を捻っていた。

一方、フォウは不満そうだ。

「むう、その前に何としてもこの身体、治さないと。いやもう、大丈夫のはず」

ベッドから出ようとするフォウを、リオンは押しとどめた。

「駄目だよ。許可出てないんでしょ。退院まであと、どれぐらい？」

「あと一日」

「一日ぐらい待とうよ？」

「一日ぐらいだから大丈夫だと思うんだよ」

どうしてこう、戦闘魔術科の生徒達は揃いも揃って、見切り発車で退院しようとするのか。

なんて考えていると、リオンの後ろに看護師が立っていた。

「……へえ、お医者様の指示を守れないの？　フォウ・テイラーさん」

微笑みに優しい声音、しかしその気配は氷のようだった。

「イ、イエ、チャント守リマスヨ。残リ一日デスカラ」

「そう、ならいいの」

看護師はそれだけ言うと、リオン達から遠ざかっていった。

「はぁ……ビックリした。ここの看護師さん達みんな、おっかないんだもん」

「うん、知ってる。男の人両脇に抱えて運搬したりするの、わたしも見てたから。だから、我慢しようね」

「はーあ……何だか複雑な気分。モンスターが鎮まるのは助かるけど、課題ポイントのボーナスタイムも終わっちゃうんだよねー」

モンスターが強いということは、それだけ課題ポイントも多く加算されるのだ。

しかしリオン達が中和剤を手に入れたということは、モンスターは本来の強さに引き下げられ、課題ポイントも下がってしまうだろう。

「オッシ先生も、同じ気持ちだろうね」

「うーん、生活魔術科楽しそうだなー。あたしもそっちに移籍しちゃおうかなー」

「あはは、いつでも歓迎するけど、意外に厳しいよ？　地味な作業も多いしね」

「悩むところねー」

フォウは手をヒラヒラと振って笑った。

にわかに施療院の勝手口が騒々しくなった。

「あれ、新しく誰か運んでこられるみたい」

「え、分かるのリオン」

「いや、分かるでしょ？　扉が勢いよく開かれる音がするし、車輪の回転する音もしてる。複数の足音もバタバタしてるし」

この気配は、リオンにも覚えがある。急患のようだ。

「……分析力もそうなんだけど、割とリオンの勘って動物並みだと思うんだよね、あたし」

「褒められてるのかなぁ」

「どっちかといえば、呆れてるんだよ」

そうフォウに言われたが、リオンは特に怒ったりしなかった。

そして、勝手口側の大扉が開き、運ばれてきたのはゴリアス・オッシだった。

顔にタオルが当てられ、表情は見えない。

「あれ、オッシ先生？」

「ええっ!?　ちょ、何でウチの先生が？」

フォウが慌てるが、そんなのリオンが知るはずがない。

「ちょっと、看護師さんに聞いてみるよ」

「うん、お願い」

リオンは立ち上がると、顔見知りの看護師に近付き、話を聞いてみた。

そして、再びフォウの横に座った。

「どうだった？」

「あー……うん、その何というか、怪我の原因は骨折らしいよ。とっさに魔力障壁は張ったけど、それを突き破った相手と衝突。治癒系の術も使われるけど、一日安静だって」

「オッシ先生にそんな怪我を負わせるなんて、どんな化物なんだろ……？」

「あ、あー……それなんだけど、何でもすさまじい勢いで泳ぐ老鯨だったとか……」

「え、あれ、それって、さっきリオンが話してた……」

「うん……」

リオンは思い出す。

パルム・トルフがあの老鯨の腹の中に潜んでいたのは、魔物を強化する薬を造っていたため。スケルトンドラゴンのことを考えるとそれはもう、完成していたのだろう。

けれど、リオン達は回収しなかった。

正確には、研究成果がどこにあるのか分からなかったのだ。

まあ、とにかくその薬の瓶はまだ老鯨の中にあって、それが何らかの形で割れたとしたら。

「……そういうことかー」

困った顔で笑うリオンであった。

第五話 生活魔術師達、バーベキュー大会を楽しむ

臨海学校も終わりに近付いたある日のこと。

海底神殿の探索を終えたケニー達は、噴水広場で一休みしていた。

「さて、残る大きいイベントはバーベキュー大会か」

「ケニー、顔、その顔。すごい悪い顔になってるから自重して」

「ん？　別に悪巧みとか考えてないぞ。ただ、楽しみなだけだし」

「……本当に、何にも企んでないんでしょうね？」

疑い深いソーコに、ケニーは首を振った。

「ああ、マジだぞ。今年は自分のところに集中できるから、単に笑ってただけだ」

「まあ、余所の世話をしなくて済むのは楽よね。それが嫌って訳じゃないけど、限度があるわよねー」

「調理はともかく、材料の調達まで俺達にやらせるっていうのは、さすがにな」

「やっぱり、自分達でそれもしなきゃならないってことになったら文句も出たのかしら」

そこで今まで黙っていたリオンが口を開いた。

「出たよ。いっぱいあちこちから。でもカー先生が『嫌ならやらなければいいし、自分達で作って食べるのもバーベキューの醍醐味ですよ？』ってだいたい、退けてたかな。数が多すぎて、全部終わった後、テーブルに突っ伏してたけど」

「……それはまた、ご愁傷様」

ソーコは両手を合わせ、ジェント式のお祈りをした。

ケニーは噴水広場の横に設置されている、掲示板に視線を向けた。

そこには、魔術科対抗のランキングが表示されていた。

「バーベキュー大会にも課題ポイントがつくんだな。現状やっぱり戦闘魔術科がトップか」

「ケニー君、気になる？」

「まあ、勝負事は勝てるならそれに越したことはないかな程度にはな。とはいってもバーベキューだろ？　勝負云々より、うまい飯を食うことに集中したいね」

「ケニー君らしいねえ」

笑うリオン。

ソーコは掲示板をまだ眺めていた。

「ふーん……まあ、海底ダンジョン、今年は厳しかったらしいし、そりゃポイントも高いわね。パルム・トルフの一件でモンスターが強くなってたのもあるけど、しっかり最後まで攻略したってのが大きいか」

「んで、二位につけてるのが俺達。海賊島の発見と『お化け屋敷』が好評だったこと、あとはパルム・トルフの捕縛」

指折り数えるケニーに、ソーコは唸った。

「……これって、意図的にやったのって、『お化け屋敷』だけよね。運も実力のうちといえば、その通りだけど」

「そのバーベキュー大会だけど、戦闘魔術科の話、知ってる？　何かすごいらしいよ？」

リオンは話をバーベキュー大会に戻した。

「何よ、サメ料理でも出すの？」

「サメの調理は難しいらしいぞ」

「……言われてみれば、フカヒレぐらいしか思いつかないわね」

そんなことを話す二人に、リオンは友人であるフォウ・テイラーから聞いた噂を語った。

「サメ料理とは関係ないかなあ。何かね、最高級の素材を本土から取り寄せて、しかもプロの料理人も複数連れてくるんだって」

「何ソレ⁉　学校のイベントでしょ？」

ソーコは叫ぶが、ケニーは特に驚く様子もなかった。

「……二位を大きく引き離すためか？」

「そうみたい。生活魔術科には負ける訳にはいかんとかオッシ先生が言ってたって、わたしの友達が聞いてたらしいよ」

「そんなライバル視されてもなぁ……」

ケニーはグシャグシャと、自分の髪を片手で掻き上げた。

「あー、でもオッシ先生の焦りも少し分かるよ。わたし達は順位に固執してないけど、先生はトップに拘る主義でしょ。だけど残っているイベントはバーベキュー大会なんだよ？」

「それが、どうしたんだ？」

「これが、モンスター討伐とかならともかく、どう考えてもウチの得意分野なんだもの。抜かれたりしないか、不安になるのも無理はないんじゃないかなーって。課題ポイント云々抜きにしても、ケニー君全力でやるでしょ？」

「飯に掛けては、手を抜けないな」

ケニーは大真面目に肯定した。確かにバーベキュー大会と聞いて、戦闘魔術科と生活魔術科、どちらが有利かといえば、イメージ的には生活魔術科だろう。実際、魔術学院内では『第四食堂』を運営しているし、プロの料理人に匹敵するタスという生活魔術師もいる。

「それにしても、大人げなさすぎじゃない？」

ソーコは納得していないようだった。

「わたしもそう思うし、カー先生も同意見だったんだけどね。使っている予算は戦闘魔術科のそれだし、予算の使い方だって戦闘魔術科内の話し合いで決められたモノだから、ルール的には灰色で、やっぱり反則じゃないんだよね」

「話し合いねえ……どんな面子で行われたのやら」

ソーコの知り合いにも、何人か戦闘魔術科の生徒はいる。

全員が全員、オッシのシンパという訳でもなければ、常識的なセンスの持ち主だっている。

しかしこのアイデアが通ったということは、会議もあまりまともだったとは言えなかったのではなかろうか。

「『ウチは金があるからいい食材を揃え、いい料理人を雇った。文句あるか』ってことだからな。確かに文句を言える筋合いはないというか、むしろうらやましいなあ、それ」

まあ、そこは素直に同意する、ソーコとリオンだった。

バーベキュー大会本番には、丸一日使用されることとなる。

その前日に当たる今日は準備期間となる。どの魔術科も手の空いている者は噴水広場周辺に割り当てられた、各魔術科別のスペースに集まっていた。

スペースは前面に露店、そして後面にバーベキューコンロという構成になっている。

生活魔術科もまた例外ではなく、ケニー達が準備に追われていた。

そんな中、実行本部から戻ってきたカレット・ハンドが手を叩き、皆の注目を集めた。

「さて、準備中のみんな、ちょっといいかな。明日が本番になるバーベキュー大会の再確認だよ。あ、手は休めなくていいからね。こっちが勝手に話すから。バーベキュー大会は大きく分けて、二つの作業に分かれます。一つはみんなで食べる、コンロステージ。そしてもう一つは課題ポイントが絡む、出店ステージだね。コンロステージは特に何にも制約がないというか、食べたければ焼けばいいし、のんびりしててもいい。一方出店ステージはその名の通りお店だから、ちゃんと店番が必要。ローテーションはもう決まってるから、その通りでお願い。一人一人の時間は短いけど、その分、しっかりってカー先生が言ってたよ。あ、わたしは全体司会になっちゃうから、ごめんだけどみんな、よろしくね。あと、手の空いた人は料理持ってきてくれると助かります。話は戻って出店だけど、やってくるお客様は余所の魔術科の先生や生徒、それに現地の島民や観光客も来ます。どれだけ売れたかが、そのまま課題ポイントに反映されるシステム……バーベキュー大会といっても、全部の魔術科が串って訳じゃなく、実際、生活魔術科（ウチ）もちょっと面白いモノを販売するよね。聞き耳立ててる余所の魔術科の諸君、乞うご期待！　はい、そちら戦闘魔術科。オッシ先生もジッと見られてても何にも出ませんよー？　これから試食会だから、嫌でもウチの出し物は分かるってもんです。偵察も歓迎ですよー。ただし、見に来た魔術科の出し物も、見せてもらいますからね。こういうのは公平にいきましょ？　むしろこっちはこっちで、戦闘魔術科の出店気になってるんですけど。あ、買いに行きますね。わたしは多分席を離れられないと思うんで、ハッシュ君が」

「オイラッスか⁉」

「よろしくっ！」

などとほぼ一方的に話して、バーベキュー大会の概要を説明し終えた。

◇◇◇

バーベキューコンロの準備を確認しつつ、ケニーは空を見上げた。

今日も雲一つない青空で、雨とは無縁の天気になりそうだ。

「特に何のトラブルもなく試食会、始められそうだな」

「よかったよねえ……これまでのパターンだと、どこかの魔術科の食材がいきなり活性化して暴れ出したり、爆発事故が起こったりだもの」

「リオン、縁起でもないこと言うの、やめて。そういうの、確かフラグって言うのよ」

「や、やめとくよ、うん」

割と冗談抜きで、本当にあり得るので、リオンは黙っておくことにした。

何しろ今回の臨海学校、最初から台風とモンスターの襲来で島が半壊状態だわ、何故かダンジョン破壊する羽目になるわ、海の底から神様の分身を発見するわ、鯨の体内でスケルトン魔術師と戦うわと、予想外の展開ばかりなのだ。

「それより調理始めようぜ。出店の方もタス、頼む」

「……ああ」

生活魔術科の中でも特に無口な巨漢、タスが露店の鉄板にあるモノの触手をぶちまけた。

その上に、塩胡椒とソースをまぶしていく。

鉄板にソースの焼かれる音が響き、さらに香ばしい匂いが広がっていく。

「うう、お腹の空く匂いだよお……さすが、チルダちゃん特製ソース……」

「問題はこれが、受け入れてもらえるかどうかね。私は全然平気なんだけど、地域によっては悪魔の化身って呼ばれてるらしいし」

ソーコの故郷、ジェントではタコやイカは普通に食べられていた。煮たり焼いたりはもちろん、生でも食することもある……と語ると、こちらの人間は、だいたい引くのが事実である。

とにかく今回のバーベキュー大会、出店で出す料理はソーコの提案による物が大きかった。

「俺が保証する。これはうまい。売れるかどうかは、割とどうでもいい。残ったら俺達で食おう」

触手の正体は、そのまま『船の墓場』で倒した、あの巨大イカである。ソーコが一部解凍をし、それが今、試食に使われている。もちろん事前に、スタークから許可と食べても大丈夫という保証はもらってある。

タスの隣で、ケニーもまた調理を開始する。

ただしこちらの鉄板は、普通の鉄板ではない。いくつもの丸いくぼみが等間隔で作られていて、どう見てもまともな料理など作れそうにない。

そこにケニーは白い液体を広げた。特製の粉や卵を溶かしたそれは、鉄板で熱せられると次第に固まっていくが、完全に固まる前にケニーはくぼみへと触手や薬味を投入していく。

そしてまるで暗殺道具のような太い針で、くぼみの中身を転がしていく。

くぼみの中で半ば固まった液体がひっくり返り、それは球の形を取った。

「……また、この短時間の練習で、ずいぶんと手慣れたわね、ケニー」

手際よく球を作っていくケニーに、ソーコは感心していた。

「それなりに練習したんだ。けどよくこんな特殊な鉄板、用意できたよな。どこで売ってたんだ？」

「売ってたんじゃなくて、作ってもらったのよ。ただの鉄板をイゴールに加工してもらって」

「なるほど」

手を休めないまま、ケニーは頷く。

イゴールは、『柔軟』の魔術を使う生活魔術師だ。

王都のミドラント商店街では、マッサージ師としても働いていて、よく効くと評判が高い。

彼の物質を柔らかくする魔術で、鉄板にくぼみを作ってもらったのだ。

そして焼けた丸い塊を皿に載せ、刷毛でソースを塗っていく。

名付けて、テンタクル焼きである。

「リオン、パスタの準備は？」

「問題なしだよケニー君。こっちもできてるよ」

茹で上がったパスタは、タスに渡される。

触手に野菜炒め、それにパスタを絡めながら、タスは顔を上げた。

「……お好み焼きも、できる」

戦闘魔術科の出店の前。こっそりと視力強化の魔術を使い、生活魔術科の様子を窺っていたゴリアス・オッシだったが、相手の料理を見て表情を緩ませた。

「勝負あったな」

「オッシ先生？」

魚や野菜を串に刺す作業を続けながら、フォウ・テイラーはオッシを見上げた。

「ふ、何でもない。どうやら、無駄な心配をしていたようだ。……触手料理とは物珍しいが、受け入れるには厳しすぎるだろう」

戦闘魔術科は出店の準備はまだ、行わない。

そこはオッシが派遣した、プロの料理人に任せるべきと判断し、戦闘魔術科は販売する串焼きの仕込みに専念しているのだ。この串焼きに使われる素材も厳選された一級品であり、はるばる本土から船で輸送してきたモノなのだ。

負ける理由が見つからない。

ゴリアス・オッシは、自分の勝利を確信した。

生活魔術科のスペースに、タック神教の法衣を纏った六本腕のスタークが訪れた。

その後ろに控えるように、ティティリエもついてきている。

「よう、一品くれないか」

露店の前にスタークは立った。

「バーベキュー大会の本番は明日だぞ、スターク。今日は試食会だ」

「そんなことは百も承知の上さ。だけどある意味、食材の提供者でもあるんだぜ？　オレ様にも試食する権利はあるんじゃねえか？」

確かに今回の食材、遡るとスタークがいなければ成立しない部分もあるので、ケニーも反論しなかった。そもそもケニーが作っているテンタクル焼きは、スタークのアイデアである。

「後ろのティティリエさんは、どうなんだよ。触手料理だぞ？」

ケニーはティティリエに視線をやった。

すると彼女はススッと移動し、スタークの陰に隠れた。

「おいやめろ。一見無表情だけどこの人、かなりデリケートなんだからな」

スターク曰く、おっかない外見とは裏腹に、相当内気なのだという。

「だ、大丈夫ですよー、ほら、一緒に食べましょう。あ、そういえばフラムちゃん、撫でます？」

「ぴぃ！」

リオンに差しだされたフラムが、ティティリエに短い手を上げて挨拶した。

「……」

ティティリエは相変わらず無表情無言だが、フラムを抱きかかえると頭を撫で始めた。

「ぴぃー」

フラムはくすぐったそうに身をよじった。

「ホッ……」

その様子に、スタークは安堵（あんど）の吐息を漏らしていた。

「しょうがないな。じゃあ試食一号だ」

ケニーが差し出した皿にはテンタクル焼きと、タスが作ったパスタが半分ずつ入っていた。

添えられているのは、フォークだ。

「おお、実に久しぶり。数百年ぶりだ……って、あふっ、熱っ……ひず、水……！」

「水はセルフサービスで頼む」

言いながらも、ケニーはスタークに水の入ったコップを差しだした。

そしてスタークと同じ品を、ティティリエにも渡した。

「……」

がっつくスタークとは正反対、まるで高級料理店のような所作でティティリエはテンタクル焼きを一つ、口に運ぶ。

ケニーはもとよりタスやリオンも、緊張の面持ちでティティリエの感想を待った。

「……」

「ティティリエも懐かしいってよ」

ティティリエの小さな声を、スタークが通訳した。どうやら、悪くない感触のようだ。

「……」

「ふむ、ソースの味は、今の方が上だって言ってるぞ」

「それは光栄だね！　あ、ウチがソースを作ったチルダだよ。感想ありがとう」

チルダがティティリエの細い手を両手で取り、ぶんぶんと振った。

ソースはイスナン島のあちこちの果実を集め、発酵魔術を駆使して作った一品なのだ。

「……！」

ティティリエは普段よりわずかに目を丸くし、握手を受け入れていた。

それからも試食会は続いた。当然、食べるのはスタークやティティリエだけではない。というかこの二名がイレギュラーなのであって、本来は作った本人や各魔術科の生徒達なのだ。

ケニーやタスはもちろん、ソーコ、リオン、フラム、チルダ……その他大勢の生徒が、テンタクル焼きやパスタを口にした。チルダの作ったソース以外にも、色々なタレを試してみたが、販売する分はチルダ特製ソースで一致した。

「ふー……食べた食べた」

スタークがやや膨れた腹を押さえた。

「それで、客視点ではどうだった？」

「問題ないな。ただ、この触手がこっちの人間に受け入れられるかどうかは、保証できないってところか」

何だかんだで、触手というのはこの国の大半では受け入れがたい部分がある。

つまり、味と価値観は別ということだ。

「それはしょうがないだろ。それ込みで、俺達は食べたいモノを焼くんだから」

受け入れられないなら、それはそれでしょうがないな、と思うケニーであった。

「ところでケニー、ちょっとした相談があるんだが」

やや真面目くさった顔で、スタークがそんなことを言った。

「できることとできないことがあるぞ」

「美味い魚、食べたくないか？」

「詳しく聞かせてもらおうか」

グッとケニーは身を乗り出した。

「ちょっとケニー」

「うわぁ……フラグだ」

バーベキュー大会を目前に控えた今、主力のケニーに何かあったら困ると考えるソーコ。

そしてついさっきのフラグが、もう回収なのかなと考えるリオンであった。

しかしケニーは構わずスタークを促した。

「まずは聞いてみないと、分からないからな」

「話が早くて助かるぜ。ティティリエが棲んでいる海底都市の近くには珍しい魚がいて、これがとても美味なんだ。ただし、えらい凶悪」

「ふむ、だけどそれ、俺が行く理由にはならないよな。彼女は海棲だし、スタークだってそうだろ？　陸の人間である俺より、よっぽど楽に獲れるんじゃないのか？」

ケニーの指摘に、スタークはビッと指を突きつけた。

「まさしくそれな。ティティリエ的には、『ヤツ』を倒した礼に、オレ様にそれを食べてもらいたいらしいんだが、この魚はティティリエは獲っちゃ駄目なんだ。そしてそれはオレ様も同じ」

「……宗教的な何かが関わってるのか？」

「そうだな、だいたいあってる。もちろん、獲った魚はケニー達にも食べる権利はある。何、食べるだけの量はあるはずだ。大きさはそれなりらしいからな」

大きさはそれなり、の部分でスタークの視線が少し泳いだのを、リオンは見逃さなかった。

「……あ、これモンスターの類だ」

リオンが気付くぐらいだ。

ケニーだって分かっていただろうが。

「乗った」

あっさりと、ケニーはスタークの提案に乗った。

スタークとティティリエに促され、ケニー達はその後ろをついていく。
「ん？　向かう先は、海じゃないのか？」
進む先はむしろ逆、イスナン島の内側だった。

「何せ時間がないからな。いや、オレ様達にはあるけれど、そっちは限られてるだろ？　できるだけ移動の時間は短縮したい」

そう言ってスタークが案内したのは、彼が借りていると思しき宿屋の一室だった。

「なんで、転移門をちょいと設置した」

ベッドの横に、一見すると全身用の大きな姿見が設置されていた。縁取りの模様がおそろしく複雑で、高価なモノだというのが分かる。

ケニーが、額を押さえた。

「……なあ、転移門ってアレだよな。ある地点とある地点を繋ぐ、距離をガン無視した古代遺産級の魔道具」

「そうだが、古代遺産級？　そんな大層なもんか？」

スタークはティティリエに尋ねたが、彼女も首を傾げるだけだった。

「大層なもんなんだよ。リオンなんて魂抜けかけてるじゃないか。ソーコも頭抱えてるし」

なるほど、リオンは半分気絶状態で口から何か出そうになってるし、ソーコは蹲っていた。そんなソーコの背中を、フラムが心配そうに撫でていた。

「ウチの神殿の一室に保管してたんだが」

「絶対公言するなよ。国に取り上げられるだけならまだマシな方で、普通にこれ一つで戦争が起こってもおかしくない」

ケニーは釘を刺した。

「人間の欲は深いねえ……でもまあ、今のこの世に存在しないんじゃ、貴重なのも当然か」

「そうだよ。そんな貴重な門が、こんなごく普通の宿屋の一室にあるとか、どんな不条理だ」

「でも、今日のところはこの転移門を使ってくれ。普通に行くと、最速でも数日かかる」

ティティリエの棲む海底都市とは、名前こそ似ているものの海底神殿とはまた異なる。

海底神殿よりもずっと沖、しかも深い海の底に沈んでいる古代魚人族の住処なのだという。

確かにそんなところまで、通常の方法で行っていたら、臨海学校が終わってしまう。

「分かった。ま、好意で用意してくれたモノなんだろうし、ありがたく使わせてもらうよ。ほらリオン、呆けてないで行くぞ」

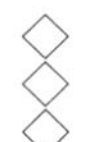

海に入る準備をし、ケニー達は転移門を潜った。転移門は岩山の洞窟に隠されていたらしく、洞窟を出るとそこには広い海底都市の全景を眺めることができた。

「ほお」

「これはまた……すごいところに来たわね」

「うわ、きれー……」

整えられた都市の景観に、思わず三者三様に吐息が漏れていた。

「魚が棲んでる場所までは案内できる。ついてきてくれ」

スタークとティティリエが先導し、ケニー達はその後ろについていく。

「そういえばソーコ、時空魔術でここまでの転移って可能なのか？」

「そうね、現状無理ってところかしら。直接ここまで泳いで来たのならともかく、転移門で来たから、まず正確な座標が不明。あと単純に今の私の身体じゃ、距離的に難しいと思うわ」

ソーコが上に視線をやると、光る球があった。太陽の光が届かない、ずっと深い海の底なので、あの光が太陽の代わりなのだというのが、スタークの説明だった。

そのスタークが振り返った。

「おいおい、時空魔術に距離って概念を持ち出すこと自体、ナンセンスじゃねえか？」

「分かってるわよ。だけど生き物である以上、どうしても近いとか遠いって意識は存在するの。まあ、その枠を外せれば、時空魔術師として一つ上の段階に上れるんだけど」

そんなことを話しながら、一行は都市の門の傍に立った。

ここから先は結界が張られていて、半分水で半分空気なのだという話だった。

ケニー達はそのまま呼吸ができるし、魚人達はエラ呼吸が可能な空間なのだという。

だから、水の中のような動きの妨げはない……が、泳ぐこともできるらしい。

都市を治めるティティリエが一緒なため、ケニー達は門を素通りで都市の中へ入ることができた。

用意されていた馬車に乗る。ただし馬は水馬（ケルピー）である。

石造りの建物はそのほとんどが二階建てで、高さも統一されていた。

大通りの左右には店が並んでいて、ケニーが注目するのはもちろん、食べ物関係だ。

「まあ、そうそう来ることもないだろうけど、いつでも来られたら便利だろうな」

「……魚介類の購入は、安く上がりそうだよね」

そんな話をしながら、一行を乗せた馬車は中央へと進んでいく。

通り過ぎていく風景、そして人々の視線がケニー達の乗る馬車に向けられていた。

「それにしても、視線が集中するな」

「そりゃまあ、この海底都市の女帝と一緒だからな。馬車も知られている。無理もないだろ。あ、ティティリエの場合、護衛なんて不要なんだ」

「……」

ティティリエは、小さく俯いた。

「ああ、うん、お前が知らない人と一緒だと緊張するとか苦手とかそういうのじゃなくてな。単純に攻撃効かないだろ?」

「……」

コクン、とティティリエは頷いた。

「ティティリエに遠距離攻撃を仕掛けても、周囲の水分が自動で障壁を作るから、まず通用しないんだ」

「近距離攻撃なら?」

「一見人と同じ肌だけど、本当は鱗だ。刃物も鈍器も通さない。もちろん魔術の類もな」

ソーコの問いに、スタークが答えた。

「……戦う気なんて微塵もないけど、やりたくないわね。すごく面倒くさい」

「……」

コクコク、とティティリエも首を縦に振った。

「私も戦うのはあまり好きじゃない……だとさ。ま、敵対する理由もねえ。そもそも、ティティリエに護衛が不要って話だったはずだな。どこで逸れたんだか」

「街並みがとてもきれいですね。活気もあるみたいですし、時間に余裕があればまた来てみたいです。ああでも、今回が特別かー……」

「……」

リオンの感想に、ティティリエはそっぽを向いた。

「え、な、何ですか？」

「あんまり褒められると恥ずかしいらしいぞ」

照れていたらしい。

「い、いいえ、本当のことを言っただけですから。そういえばティティリエ……様は、ここの統治者でしたっけ」

「……」

ティティリエが、ジッとリオンを見た。

「様は要らないって言ってるぜ。それに、だいたいのことは周りの人達がこなしてくれてるから、ほとんどすることがないんだと。……いや、その辺はホント昔から変わってないな」

「さ、様付けなしって言われてもそんな畏れ多い……あ、あ！　じゃあティティリエさんで……」

「……」

ペコペコと頭を下げるリオンに、ティティリエも静かに頭を下げた。

かすかに、「よろしくお願いします」と聞こえた。

「こ、こちらこそ、よろしくお願いします」

「ティティリエの住む宮殿の裏手にある深海洞窟、その奥が目的の魚の住処だ。魚の名前は鬼魚。巨大な角が生えているから、一発で分かるはずだ。俺達が案内できるのは、この入り口までだが大丈夫か？　誘っておいてなんだが、一応ダンジョンだぞ？」

「問題ないわ。これでも冒険者もやってるし」

◇◇◇

スタークとティティリエに見送られて、ケニー達は洞窟に入った。

宮殿の裏手というからそれほど大きくないのではと思ったが、とんでもない。

入り口から既に三メルトはある高さで、幅も十人ぐらい並んで泳いでも大丈夫な広さがあった。

「ソーコちゃん、ケニー君、いきなりきたよ‼」

怪魚の群れが、牙を剥きだして迫ってきた。

「満員御礼ね。この場合は入れ食いっていうのかしら」

「この場合、餌になるのは俺達自身ってことになるが」

「向こうから見れば、それであってるでしょ。もっとも、大人しく食われてやる謂われはないけどね」

早速、ソーコが『空間遮断（ギロチン）』を仕掛け、怪魚のほとんどが真っ二つになった。

リオンがサメを召喚し、ケニーが『ハンドジェスチャー』で足止めしている間に、残りの怪魚を食い散らかした。

「さ、回収回収。バーベキューの材料、買い足しする手間が省けたわ」

ソーコは自分が切り刻んだ魚を、亜空間に収納していく。

「この程度だと、ソーコだけで全部片付けられそうだな」

「フラムちゃん、それじゃまたお願いね。一番強い魚がいるところに案内してくれる？」

「ぴい！」

三人はリオンが呼び出した三体の『速鮫（マリーナ）』にそれぞれ乗って、洞窟の奥へと進んでいく。

フラムはリオンと一緒だ。時折においを嗅ぎ、分岐点では手で進むべき通路を案内する。

「……普通のダンジョンと違って立体構造だから、マッピングするとしたら苦労しそうね」

「そもそも水中だから、マッピング自体難しいよ。フォウちゃんもボヤいてた」

「紙だとどうしても平面だから……幻術の使えるデビッドがいたら、すごく便利だったんだろうな」

「フラムちゃんストップ！」

「ぴ⁉」

唐突にリオンが声を張り上げ、フラムと『速鮫(マリーナ)』が緊急停止した。実際に声が出ていた訳ではないが、意思は通じてくれていた。

「ケニー！」

「おうよ」

ケニーが手を突き出し、『ハンドジェスチャー』で『ストップ』を発動する。岩陰から出て、こちらに襲い掛かろうとした半魚人達が、銛を振りかぶったまま動きを止めた。

「今度はマーマンか。それにセイレーンも」

水中に緩やかな歌声が流れ始める。

セイレーンの歌声には、催眠効果があることは有名だ。

「ちょ、何で水中なのに歌が聞こえるのよ」

「出て、『毛糸玉(ツナマル)』。マーマンはわたしが相手するよ。二人はセイレーンをお願い」

ソーコの返事を待たず、リオンはケニーとソーコの乗っていた『速鮫(マリーナ)』を『毛糸玉(ツナマル)』に換えた。

リオン自身はそのまま『速鮫(マリーナ)』に掴まってマーマンを倒しに向かう。フラムも一緒だ。

「ケニー、私、攻撃と防御どっちもいけるけど？」

「じゃあ、攻撃を頼む。俺は声を防ごう」

ケニーが自分の口元に二本の指で×印を作ると、歌が途切れた。

「……⁉」

いきなり声が出なくなり、セイレーン達が慌て始める。

「実にシンプルね！」

後はいつも通りに、『空間遮断（ギロチン）』で仕留めるだけだ。

「声が出せるんなら『黙れ』の一言で終わるんだけどな。それよりソーコ、音だけ保存ってできないか？」

「音だけ？」

「セイレーンの歌には幻惑効果があるんだろ？　保存して、流せるようにすれば戦いも楽になるんじゃないかと思ったんだが……」

「できるわ、それ」

「もっとも、保存しても使い捨てみたいな感じになりそうだけどな」

「……」

ソーコは、何やら考え込んでいた。

「何だよ、その顔」

「ケニー、自覚ないみたいだけど、今すごくいいこと言ったのよ」

ケニーには、自覚がない。

ただ、ソーコが何か思いついたようだし、いずれ分かるだろうとそれ以上、追求はしないことにした。

一方、リオン達も戻ってきた。

「フラムちゃんもご苦労様。それじゃ、先に進もうか」

サメに乗って、再び洞窟を進んでいく。

……やがて、広い球体の空間に出た。街一つがスッポリ収まりそうな広さだ。

「どうやらここが一番奥みたいだな」

そして空間の中心には、角を生やした魚が群れになって泳いでいた。

「鬼魚（おにざかな）って、どう見てもあれよね？　でも、複数いるみたいなんだけど」

「……俺の想像なんだが、多分スタークやティティリエさんが言ってたのは、あの周りの小さい奴らのことだと思う」

「それでも、魚としては充分大きいけどね」

距離はあるが、それでも一抱えはあるだろうということは分かった。

ただ、問題はその鬼魚（おにざかな）達が泳いでいるのは、その親玉みたいな巨大魚の周りなのだ。

厳つい表情の巨大魚の額には、やはり角が生えている。

しかもカエルのように、水かきのある手足まで生えていた。

「っていうか何なの、あの化物。鯨ほどじゃないけど、ちょっと非常識じゃない？」

「問題は、巨体になってるってことは、味も大味になってないかって点だ」

「……ケニー君の場合それ、ジョークじゃなくて本気で言ってるんだよねぇ」

「ジョーク？　どこにそんなのが入る余地があるんだ？」

ケニーは真顔だった。

「ケニーにとっての大真面目な話を続けるとして、あの巨大な鬼魚（おにざかな）は一体何なのかしら」

「……例の元宮廷魔術師、パルム・トルフの薬をどっかで浴びて、突然変異的に成長したんじゃないか？」

「そう言われてみれば……って来るわよ！」

「か、雷!?　……『毛糸玉（ツナマル）』お願い！」

鬼魚（おにざかな）達が放った雷は、リオンの触手が吸収した。

「あれ、多分鬼魚（おにざかな）達は大丈夫みたいね。ズルいわ」

「そ、そういう問題かなぁ？」

「だけど、広間で待ち構えてたのは失敗だったわね！　みんな、足下に注意してて！」

ソーコの姿が消えたかと思うと、地面に転がっていた大岩の傍にいた。

そして次の瞬間、大岩ごと転移し、入ってきたばかりの通路を大岩で塞いでしまった。

自ら退路を断ってしまったことになるのだが……ソーコの狙いは、この次の手にあった。

「海水を――『収納』!!」

直後、球体の空間から海水が消滅した。

当然、泳いでいたリオンやケニーは自由落下に移ることになった。

「ひゃうっ!?　う゛ぁ、『朱龍（バーミィ）』！」

リオンは『朱龍（バーミィ）』を召喚し、しがみつくことでギリギリ墜落を免れた。

「ぴぃー！」

パタパタと背中の小さな羽を動かしながら、フラムがソーコに抗議する。

「おいおい、マジかよ。ソーコ、あんまり無茶するなよ」

何となく予想していたケニーは、地面の低い位置まで下りていたので、事なきを得ていた。

「あら、心配してくれるんだ？」

「出店のローテは決まってるからな。今、倒れられると困る」

「……はいはい。さすがにギリギリいっぱいってところね。でも、魚なら水がなければ――」

直後、飛んできた雷撃を、リオンの『毛糸玉(ツナマル)』が防いだ。

鬼魚(おにざかな)達は、空中を遊泳していた。

「コイツら、空気中でも泳げるのかよ‼」

「しかもさっきより速いよ！　魚なのに水の中より強くなるってこれ絶対おかしいよ！」

「ぴぃー！」

次から次へと飛来する雷撃は、さすがにリオンの触手でも防ぎきれない。

しかし、余った雷撃はフラムが食べていた。そのお陰で、何とかギリギリ凌げているという状況だ。

「……何気にフラムの吸引力も強いよな。というか、成長してるだろ、間違いなく」

「育ち盛りだからね！　でもこれどうするの⁉　逆に不利になっちゃったんじゃ……」

少なくともリオンは、速度の上がった鬼魚(おにざかな)を相手に、回避するだけで手一杯だ。

「そんなことはないわよ、リオン。有利になったのは、こっちも同じ。まずは、動きを止めるわよ。

みんな、耳を塞いで！」

「え？　フラムちゃんごめんね！」

「ぴぅあ⁉」

自分の両耳を塞ぐと手が足りないリオンは、『毛糸玉（ツナマル）』の触手でフラムの両耳を塞いだ。

「『音源解放（リサイタル）』」

ソーコは保存していたセイレーンの歌声を、解き放った。

迫りくる鬼魚（おにざかな）は、歌声の催眠効果をもろに受け、途端に動きを鈍らせた。

その隙に、ソーコは片っ端から鬼魚（おにざかな）達を『空間遮断（ギロチン）』で切断し、そのまま亜空間へ収納していく。

歌は途切れず、流れ続ける。ソーコは保存していたセイレーンの歌を時空魔術で『記録』し、終わりと始まりを繋げているのだ。

「名付けて『無限巡回（リピート）』ってとこね」

セイレーンの歌声に、鬼魚（おにざかな）達は為す術もなく狩られていく。

もちろんソーコだけではなく、リオンも耳を塞いだまま『毛糸玉（ツナマル）』に、触手で鬼魚（おにざかな）達を締め上げてもらっていた。

誰一人として倒し切れないことに焦れたのか、大鬼魚（おにざかな）が大きく吠え、残った鬼魚（おにざかな）達と一斉に襲い掛かってきた。

「ソーコ」

ケニーが言うと、ソーコはセイレーンの歌声を止めた。

「いいわよ」

ソーコの合図に、ケニーは耳を塞いでいた手を外した。

「じゃあ、久しぶりにいくぞ。魚類特効の『七つ言葉(セブン・ワード)』――」

ケニーは、喉に手を当てた。

そして一言。


「――『三枚下ろし』」


直後、大鬼魚(おにざかな)を含めた残りの鬼魚(おにざかな)がまとめて、三枚に下ろされた。

死んだことにも気付かないのか、鬼魚(おにざかな)達の目が丸く見開かれていた。

そして例によって、ソーコが落下してきた鬼魚(おにざかな)達を亜空間に収納していった。

「やっぱり、ケニーは『七つ言葉(セブン・ワード)』があってこそよね」

「使えないならないなりに、代用できる『ハンドジェスチャー』を編み出せたんだから、そういうこと言うなよな。でもま、声が出せるってのはいいことだ」

「回収終わったわよ。どうする、すぐに戻る?」

「そうだな、すぐに戻る……と言いたいところだが、さすがに少しぐらい、休憩してもいいんじゃないか?」

ケニーは近くにあった岩に腰掛けた。

「うーん、そうだね。思ったより早く済んだし、バーベキュー大会の準備はほぼ終わってるしね」

「それじゃ、ちょっとご飯食べて、昼寝といきましょうか」

「いや、さすがに昼寝までは……」

「おおい、鬼魚（おにざかな）焼かないか。まずは単純に塩焼きでいいよな……ん？　ここって完全に密閉されてるけど、空気大丈夫か？」

「これだけ広さがあるなら、わたし達が休んでいる間ぐらい、問題ないでしょ」

言って、ソーコは亜空間から薪を取り出した。

点火自体は、生活魔術の初歩に存在するが、燃やすモノがなければどうしようもない。

金網も用意し、ケニーはもう食べる気満々でいるようだ。

「ここで煙に巻かれて全滅したら、笑い話にもならないよね……」

本当に大丈夫かな、と思いながらも、リオンもまた食欲には勝てないのだった。

翌日。
イスナン島噴水広場の各所に設置されたスピーカーから、アナウンスが流れ始めた。
『さて、いよいよ始まりました臨海学校、目玉イベントの一つ大バーベキュー大会。大が二つつきましたが細かいことは気にしない。中でも注目されているのは、戦闘魔術科！　本土から持ち込まれた最高級の素材、そして最高の技術を持ったコック達！　資金力にモノをいわせ、オッシ先生超大人げないやり方で見事な料理を提供します。メニューはスタンダードな魚介類の串焼き、魚介スープ、それにライス？　え、このライスただの、普通のライス？　あ、いえ、品種も炊くための水も厳選されているそうですけど……ああ、なるほど！　串焼きと一緒に食べるも良し、スープにぶち込むも良し！　なるほど考えましたね。オッシ先生、ただお金を出しただけではありませんでした！』

「……いや、メニュー考えたのも、私ではなくコック達なのだが」

オッシはスピーカーに向かって、小さく呟いたが、もちろん返事は来ない。

このことは、黙っていた方がよさそうだな、とオッシは思った。

『大量の食材を持ち込んではきましたが、メニューは絞っています。この辺りもよく考えられてますね。品数が増えると、客の回転数が落ちてしまいますから。いやいやいや、これはすごい行列ができています。始まってすぐにこれですか。さすが前評判でも大きく名前があがっていただけのことはあります』

外から食材や料理人を連れてきたのには非難も大きかったが、いざ始まってみればこれだ。

そして食べてしまえば、文句も出なくなる。何しろ、美味いのだから。

そして美味ければ、列は伸びる。客は増える。ポイントも大きく稼げる。

オッシの狙い通りであった。

『それでは、他の魔術科も見て回りましょう。現在、課題ポイントでは戦闘魔術科に次いで第二位につけている、生活魔術科です。メニューは鬼魚のムニエルと、小さな団子状の品はテンタクル焼きと呼ばれる品だそうです。うーん、ムニエルはともかく、テンタクル焼きは少々伸び悩んでいるようですね』

生活魔術科の出店の列は、分かりやすい二極化をしていた。

長蛇の列のムニエル、そして閑古鳥のテンタクル焼きである。いや、数分に一人ぐらい、好奇心で買いに来る客もいるにはいるが。

「そりゃまあ、何せモノが悪魔の使いの触手だからなあ。一度食べてもらえれば、良さも分かってもらえるんだけど」

ぼやきながらテンタクル焼きを作るケニー。

その後ろでは、リオンが樽に入った生地を掻き回していた。

「そこが一番、難しいところだよね。お客さん達が避ける気持ちも分かるっていうか。このままだと、戦闘魔術科に負けちゃうけどどうする？　あっちはすごい行列だよ。……こっちも、手の空いてるみんなで、客引きでもしようか？」

「いや、特に必要ないだろ。それに負けるとは限らないし」

「……どう見ても、現状だと勝ち目ないと思うよ？」

「でもな……向こうのお客さんは苛立ってるみたいだぞ？　ほら、また一人列から離れた」

「あ、ホントだ」

なるほど、戦闘魔術科の列は、どの列よりも長いが離脱者も多いようだ。

「いくら回転率を高めても、料理人の数は限られてるからな。串に刺したりタレを塗るのはまだ生徒達にできても、焼き加減はやっぱり料理人だろ。そこはもう本当にどうしようもないんだよ」

「レス君の『工程圧縮』とか使えたら、話は別かな。焼く時間も相当短縮できるんじゃない？」

「いや、『工程圧縮』はあくまで効率重視の魔術なんだよ、スターフさん」

そこにヒョコッと現れたのは、当の本人であるレスだった。

眼鏡の位置をクイッと戻しながら、説明を始めた。

「きっかり三分、っていう設定はできるけど、一つ一つの串焼きの焼き加減を見なきゃならないような料理には不向きなんだよ。どう言えばいいのかな。このムニエルにしたって、始まったばかりの今と昼下がりでは、焼く時間が微妙に変わるでしょ？　気温が変わるからね」

「デリケートな作業には向いてないってこと？」

「うん、そんな感じだね」

「それより、そろそろ手伝ってくれ。ちょっとずつ客が増えてきた」

リオンも生地を掻き混ぜるのをやめ、ケニーの手伝いをすることにした。

「テンタクル焼きの方、基本的には焼くのとソースの補充だけで済むのは楽でいいよね」

「味付けは客任せだからな。……何か、チルダが独自にチーズのトッピングし始めてるけど、そこは気にしないでおこう」

「い、いいのかな？」

「絶対美味いやつだ。下手に追求して広まったら、俺達の分まで売り切れそうだからな」

テンタクル焼きの味は、間違いなくいいのだ。

ジワリジワリ……と、客が増えてきている手応えを、ケニーは感じていた。

「ケニー、団体さんが来たわよ」

「分かった。リオン、ここから忙しくなるぞ」

状況が大きく変わってきたのは、昼が近付いた辺りだった。

「まだ残っているのか？」

「おい、どこだ。店が沢山あるぞ！」

「あれだ、急げ！」

そんな声と共に、多くの魚人がイスナン島に上陸してきたのだ。

船で来る者もいれば、どこかから泳いで来た者もいるようだ。

彼らは一斉に、生活魔術科の出店に向かってきた。

「うわ、魚人があんなにいっぱい!?　でも何で？」

「話は後よ、リオン。私も手伝いに入るわ。後ろで食べてる連中にも声を掛けて」

「う、うん」

ソーコに促され、リオンは後ろでバーベキューを食べている生活魔術師達にも声を掛けた。

一方、ケニーは出店から出て、『ハンドジェスチャー』で魚人達の動きを制止していた。

「この広場では、走らないでもらいたい。まだ、充分に商品はあるんで」

ケニーの案内で、魚人達も列を作り始めた。

半分は鬼魚のムニエルに、もう半分はテンタクル焼きに並んでいた。

列は長く、売る側に回ったケニー達は、料理を作ることに忙殺された。

「よう」

「……」

魚人達に紛れて、見覚えのある二人が並んでいた。

……スタークとティティリエなら、別に顔パスで後ろに回してたんだけどなあ……でもこの二人、それを承知の上で多分並んでるんだろうな。

なんてことを考えながらも、ケニーは商売用の笑顔を作った。

「いらっしゃい。何にする？」

「鬼魚のムニエルとテンタクル焼きを、それぞれ二つずつ頼む」

「……」

控えめながらもしっかりと、ティティリエが前に出た。

「支払いはティティリエがする。まあ、オレ様に対する礼でオレ様が金を出すのもおかしい話だからな」

「毎度。味付けは、あっちにソースやふりかけがあるんで、ご自由にどうぞ」

「了解した」

スタークとティティリエは、リオンが気を回して出店の後ろに案内した。

「いいねえ、実に久しぶりの味だ」

「……」

鬼魚（おにざかな）のムニエルを口にし、スタークが笑う。

小声で何やら言うティティリエに、頷きを返していた。

「そうだな、刺身も悪くないが、こういうのも乙なもんだ。酒が欲しくなってくるねえ。ケニーよ、どこかにないか？」

「まあ、島の酒場に行けばあるとは思うが、こっちも世話になったことだし、これ」

ケニーは手の空いている生徒にテンタクル焼きの担当を代わってもらい、スターク達の相手をすることにした。

スタークに渡したのは、チルダが趣味で造ったワインだ。

「ほう、いい香りだ。コイツは？」

「ウチの生徒の一人が造ってる一本だよ。あとおまけでこれ、テンタクル焼きに載せてくれ」

熱してとろけたチーズを皿に載せ、スターク達に提供する。

「む、チーズか。これもいい……で、勝負の方はどうだ？　そういうイベントなんだろう？」

「……？」

チーズのせテンタクル焼きを、ゆっくりと食べながらティティリエが首を傾げた。

「ああ、ティティリエは知らなかったか。コイツらがここにいるのは、そもそも臨海学校っていう、課外授業の一環でな……」

スタークが、臨海学校について説明した。

「で、生活魔術科は向こうのすごい行列、戦闘魔術科と勝負してるんだよ。負けたら来年の臨海学校から、連中のお世話をしなきゃならんって話だったか」

「まあ、大体そんなところだな。確か契約書を先生が……」

「……」

把握した、とティティリエは生活魔術科と戦闘魔術科が交わした契約書をケニーに返した。

「何で、ティティリエが持ってるんだよ⁉」

「コイツのやることに、そんな驚いてちゃ身がもたないぜ……ん？　何だ？」

「……」

ティティリエが、スタークに小さく囁いた。

「来年も楽しみたいし、美味しいモノのお礼に、もし負けても私が何とかする……だとさ」

「何とかって……どうするつもりなんだ？」

さすがにティティリエの考えを読むことは、ケニーにもできなかった。

そこに、おずおずと遠慮がちにやってきたのは、魚人族の神官だった。

「あ、あのスターク様……噂で聞いたのですが、ここの鬼魚のムニエルというのはいわゆる、イッカクウオのそれではなく……」

イッカクウオは、額に角を生やした魚で、それだけならば鬼魚と変わりはない。

幻と言われる鬼魚と違って普通に市場に出ていて、庶民的な味と評判だ。

実際、この出店では『鬼魚のムニエル』という名前で販売しているそれが本物の鬼魚と思って買った魔術学院関係者は皆無だったといってもいい。

魚人達が確認しに来たのは、おそらくここの鬼魚が本物という情報をどこかで聞いたからだろう。

噂の出所を辿れば、まあ間違いなく、今ここでムニエルを肴にワインを楽しんでいる二人だろう。

「ああ、間違いなく、本物の鬼魚だよ。オレ様とティティリエの名にかけて保証する。あ、一人一品な。ケニー、勝手に制限かけたけど、いいよな？」

「いいさ。鬼魚はそれなりに捕まえられたとはいえ、この人数じゃどうせ売り切れる。あとはテンタクル焼きだが……」

そちらの列も伸び始めた。その理由は単純で。

「ティティリエ様が食べているあの丸いのも一つ！」

「私もよ！」

これであった。高貴な身分の人が食しているというそれ自体が、宣伝になっているようだった。

生活魔術科の出店の列は伸びに伸び……。

「これで最後……完売です！　鬼魚のムニエルもテンタクル焼きもこれにて売り切れ！　ありがとうございました！」

売り切れの報告に、まだ並んでいた人々からは残念そうな声が漏れた。

しかし、もう売れる分はなくなってしまったのだ。

リオン達も、感謝と共に謝るしかなかった。

それからしばらくして。

『しゅーりょー！　バーベキュー大会、出店の部はここでタイムアップです！　自分達で食べる分はいいですが、販売は終了ですよー。そこー、これ以上続けると失格ですよー！　皆さん、お疲れさまでしたー……って言ってもこれから本気で食べる気の人が、チラホラ見受けられますけどね！』

スピーカーからは、バーベキュー大会、出店の部終了のアナウンスが流れた。

『そしてこうやって時間稼ぎをしている間にも、販売実績は課題ポイントに換算されて、総合ポイントの集計も行われているんです。ありがとうね、レス君！　工程圧縮魔術、ホントに便利なんで修得オススメです。覚えるまでが大変だけど！』

カレットは、喋り続ける。

『さー結果が出ました。ダラララ……え、ドラムの音は用意してある？　じゃあ、結果発表と行きましょう！　今年の臨海学校最多ポイントを取得した魔術科は……戦闘魔術科！　やはり強かったー！　おめでとうございます！』

噴水広場、戦闘魔術科の辺りから、歓声が上がった。

『次いでポイント獲得数二位に、生活魔術科！　僅差ですが残念！　バーベキュー大会の後半では、何かすさまじい追い上げを見せましたが、商品の方が追いつきませんでした。もったいない！　さあ、それでは三位――』

生活魔術科スペースでも、歓声と悲鳴の入り交じった声が上がっていた。

戦闘魔術科のスペースでは、オッシが教え子達を労っていた。

「皆、ご苦労だった。このまま打ち上げを……と言いたいところだが、何しろ自分達が食べる分まで売り切ってしまった。なので、すぐ近くにある大きな酒場に食事の用意をしてもらってある。片付けをする者以外は、そちらに向かうように。コック諸君も協力感謝する」

料理人達はコック帽を外して一礼し、生徒達の多くはゾロゾロと食事を用意してあるという酒場に向かっていく。

それを見送り、オッシは笑った。

「クックック……」

そしてその足で、生活魔術科のスペースに向かった。

もちろん、健闘した生活魔術科のカー先生や、生徒達を労うためである。

「カー先生、お疲れさまでした」

「あ、お疲れさまです、オッシ先生。あの、それ以上仰け反ると、後ろに倒れてしまうんじゃないでしょうか」

自然とふんぞり返っていたオッシだったが、カーの指摘で身体を戻した。

けれど、笑顔は変わらない。

「おっと失礼。カー先生率いる生活魔術科は、残念でしたな。もう少し、食材に余裕があれば我々

に追いつけたかもしれないのに」

「たられればを語れば、キリがありませんよ」

「それもそうですなぁ、ハッハッハ」

肩を竦めるカーに、オッシは高笑いした。

鬼魚(おにざかな)のムニエルとテンタクル焼きが一緒に載った、ある意味贅沢な皿を手に、ケニーが顔を出す。

「わざわざ、勝ち誇りに来たんっすか、オッシ先生」

「ふむ、君かラック君。そう感じるのなら、それは君が負けを悔しがっている証拠だろうな」

「まあ、悔しいことは悔しいですね。勝負事は勝てるに越したことはありませんから」

「そうだろうそうだろう。勝利の味は、やはり甘美なモノだ。ここに勝利の美酒……ワインがないのが残念だ」

カーがケニーを見たが、ケニーは首を振った。

ワインならあるが、さすがに、わざわざ勝ち誇りに来た人相手に出してやるほど、ケニーもお人好しではない。

「自分の所の勝利をわざわざウチに伝えに来てくれたってことは、カー先生をライバルとして認めてるってことですかね？」

ケニーが指摘すると、どうやら自覚していなかったらしく、オッシの笑顔が強ばった。

「な……そ、そそそ、そんな訳がないだろう！　……ん、この匂いは……？」

「ああ、これからウチも打ち上げなんですよ。予想以上に出店の方が忙しくて、ローテーションを組んだのに、結局ほぼ全員が働く羽目になって、ゆっくり食べる暇がなかったんです。これは今後の課題ですね」

テンタクル焼きを食べながら、ケニーが言う。

「それは……まるで、食材が余っているように、聞こえるのだが？　……いや、そもそも君は何故食べている！　売り切れだったのではないのか⁉」

「いやいや、余ってませんよ。売り切れましたよ？　ここに残っているのは、自分達で食べる分だけです」

「そうではなくて、全部出店で売らなかったのかという意味だぞ⁉」

「……え、何で全部売るんですか？」

ケニーは心底不思議な顔で、オッシに尋ねた。

オッシは絶句する。

オッシが言葉に詰まっていると、後ろから派手な赤い花があしらわれたシャツに短パンスタイルの、シド・ロウシャ学院長が近付いてきた。

その手には、大きな水蜜瓜の入った網が吊されている。

水蜜瓜はやや固めの食感だが、その果肉には大量の甘い汁が詰まっている夏の果物だ。

「おおい、来たぞい。カー先生、儂の分はちゃんと取り置いといてくれましたかな？」

「はい、大丈夫ですよ。ですが……」

「ふぉっふぉっふぉぉ、分かっておる。ちゃーんと持ち寄り分の料理は買っておいたわい。デザート用の果物じゃが、よいかの？」

ズイ、と突き出された水蜜瓜を、カーは抱えた。

「あっ、もちろんです。これは冷やしておいた方がよさそうですね。ありがとうございます」

早速カーは、冷却の呪文を唱え、水蜜瓜を冷やしていく。

「何の何の。して、鬼魚のムニエルというのは、本当にあの、本物の鬼魚なのじゃな？」

「はい、嘘偽りなく。ムニエルではなく、刺身でも食べられますけどどうしますか？」

「ほほう……いや、しかしここは、ムニエルじゃの。あちこちで評判は聞こえておったぞい」

「おかげさまで、販売分は見事に捌けました」

オッシは、信じられないモノを見るような目で、二人のやり取りを眺めていた。

また、別の場所では。

「リオーン。おつかれー」

駆け寄ってきたフォウと、リオンはハイタッチした。

「フォウちゃんもおつかれー。戦闘魔術科、優勝おめでとう」

「いやいやいや、頑張ったのはほとんどトップグループだったし、ダンジョンの攻略は途中ほとんど施療院で倒れてたし、出店も裏方で……あれ、何かガチでへこんできた……」

笑いながら暗くなるという或る意味器用な真似をする、フォウであった。

「ま、待って待って！　裏方も大切な仕事だよ！　それは生活魔術科の方が分かってるつもりだし」

「それは、ちょっと説得力あるね。あ、泊まってる宿の厨房借りて、パスタ茹でてきた。時間経つとのびちゃうから、すぐに使っちゃって」

　背負っていたリュックから、フォウはパスタを包んだ透明な袋を取り出した。

「うん、ありがとう。でもそっちの打ち上げいいの？」

「うーん、一応乾杯は付き合ったし、ほらこのイベントは余所の魔術科との交流も大事だし？」

「その心は？」

「鬼魚のムニエルって珍味って聞いたから、そりゃあ取り置きしてもらわなきゃね！　……あと、テンタクル焼きって、実際どうなの？　メチャクチャ黒いイメージあるんだけど」

「あはは、名前だけだとそうだよねえ……おかげで序盤の売り上げはかなり危なかったよ。でも大丈夫。味は保証するよ。それじゃフォウちゃんもどこか適当なトコ座って。あ、学院長の隣、空いてるよ？」

「待って、それ微妙に緊張して食べづらい席だから」

　笑いながら、リオンとフォウは空いている席に向かっていった。

　そのやり取りを見……ギギギ、と軋むような動きで、オッシはケニーに向き直った。

「何ですか、先生。ものすごい顔になってますけど」

「鬼魚のムニエルというのは、本物の鬼魚のムニエルなのか？　イッカクウオのそれではなく」

「イッカクウオを食材に使ってたなら、イッカクウオのムニエルって名前で売りますよ？」

「鬼魚のムニエルを、一カッドで売り捌いていたのか、生活魔術科は!?」

オッシは思わず叫んだ。

「あんまり高いと、お客さん来ないですからね」

「来るわ！　百倍の値段でも採算が取れるぞ⁉」

少なくとも自分なら並ぶ、とオッシは思った。

うーん、とケニーは頭を掻いた。

「どんな高級食材使ってても、そんな値段の飯はあんまり食べる気にならないですね。まあ、何にしてもそろそろいいですか？　俺も真面目に働いて、腹減ってるんで。昼食も本当に軽くしかとれませんでしたから」

「食べるのか、あの鬼魚を……」

「あとテンタクル焼きもですね。っていうか普通食べるでしょう？　自分達で獲った魚を自分達で調理して食べる。バーベキュー大会は、そういうイベントなんですから」

「ぐっ……」

確かに、ケニーの言う通りだ。

オッシは、勝負には勝った。けれど今、己はバーベキュー大会で勝ったのかと問われたならば、自分ですら疑問を抱いてしまう。食材も料理する人間も、外部に託し、肝心の料理を生徒達は口にできず、今彼らは酒場で打ち上げを行っている……。

これはつまり、イベントに参加すらしていなかったということではないのか……？

「オッシ先生、大丈夫っすか？」

「いや……少々考え込んでしまっただけだ。問題はない」

「うーん、せっかくですし、食べていきます？　何人か分ぐらいなら余裕ありますし。参加費は、何か適当にみんなで食べられるおかずです」

「ありがたい話だが、ウチの打ち上げがあるのでね。私だけ、ここの料理を食べるのも不公平だろう」

「そうですか。それでは、お疲れさまでした」

「うむ……お疲れ様」

最初の意気はどこへやら、オッシは足取り重く、生徒達の集まっている酒場に向かった。

何となく周囲に目を巡らせると、余所の魔術科のスペースに、チラホラと緋色のローブの生徒の姿が見えていた。

なるほど、オッシが言うまでもなく、正しくイベントに参加している生徒もいるらしい。

「オッシ先生」

途中、アリオス・スペードがこちらに駆け寄ってきた。

「む、スペードか。どうした？」

「あー、その、打ち上げの参加者なんですが……ちょっと……」

「人数が少ないのだろう？」

「そ、そうなんですけど……」

「構わんさ。参加は自由だ。いい食材を使ってもらっているし、食べられるだけ食べるといい」

「は、はい！」

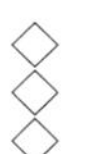

臨海学校が終わり、ノースフィア王立魔術学院にも日常が戻ってきた。

学院長室では、戦闘魔術科の科長ゴリアス・オッシと生活魔術科の科長カティ・カーが、テーブルを挟んで向かい合っていた。

テーブルの上には、臨海学校が始まる前に両魔術科の代表が交わした契約書があった。

二人の間には、立会人としてシド・ロウシャ学院長が座っている。

契約書は強制力が働き、その内容を執行する。

この場合、来年以降の臨海学校で生活魔術科は戦闘魔術科の雑務を全て行うという内容だ。

しかし。

「そんな馬鹿な！　何故、発動しない！」

「え……？」

契約書がその内容を執行する時、魔力の光を放つ。

だが、その光が放たれることはなく、オッシは立ち上がって叫んだ。

カティ・カーも驚いていたが、オッシはそちらに気付く余裕はなかった。

むしろ、生活魔術科が『また』何かしたのではないかと、考えた。

「臨海学校において、戦闘魔術科は生活魔術科の課題ポイントを上回った！　それは間違えようのない事実のはずだ！」

「は、はい、そうですね」

「では、何故契約書が効果を発しない⁉　契約書は絶対のはずですぞ⁉」

「そ、それは、私に言われましても……」

そこに口を挟んだのは、シド・ロウシャ学院長だった。

「ふぉ。オッシ先生、予想外のことが起こると周囲にそれを当てるのは、先生の悪い癖ですぞ」

「ぬ、そ、そんなことは……申し訳ない、カー先生。つい興奮してしまった。……だがしかし、納得はしかねる。学院長、何か知っておられるようですな？」

妙に余裕のある様子の学院長に、オッシは険しい顔を向けた。

「ふぉっふぉっふぉっふぉ、契約書に間違いはない。しかしの、条件を満たしておらぬのじゃ」

「いいえ、それはない。ガーゴイルの算出した課題ポイントに、誤りはないはずです」

「オッシ先生。もうちょっと深く、思考すべきじゃのう。そこに誤りがないのなら、どこに問題があるのか推測するべきじゃ」

「文言はさほど長くありません」

オッシは改めて、契約書の文面を確かめた。

内容はこうだ。

臨海学校での課題ポイントで、数字の大きい方が勝利とする。

戦闘魔術科が勝利した場合、来年以降、イスナン島における戦闘魔術科のあらゆる雑務を生活魔術科が請け負う。

生活魔術科が勝利した場合、来年以降、イスナン島における戦闘魔術科のあらゆる雑務は、戦闘魔術科自身が執り行うモノとする。


他に日付やオッシとカーの署名もあるが、これは問題ではない。内容に、誤りもない。

「あ」

声を上げたのは、向かいに座るカーだった。

「ふぉ。カー先生は気付いたようじゃのう」

悪戯小僧のように笑うシド・ロウシャ学院長。

しかし、オッシには何がおかしかったのか分からず、ただ苛立ちが募った。

「何ですか、カー先生。何を知っておられる」

「いえ、その、むしろどうしてオッシ先生がまだ、知らないんですか？」

カーはオッシと学院長を交互に見た。

シド・ロウシャ学院長は、まだ含み笑いを浮かべている。

「だから、何をです」

「ふぉっふぉっふぉ……では種明かしといこうかのう。オッシ先生、これを見るとよい」

シド・ロウシャ学院長はローブの袖から、長い筒を取り出した。

筒は丸めた紙で、シド・ロウシャ学院長はそれをテーブルに広げた。

「これは、地図ですな？」

「左様。国が作った最新の地図じゃ。そしてここ、イスナン島のあった場所を見るとよい」

地図には、このノースフィア魔術学院のある王都を中心に、もちろん臨海学校の舞台となったイスナン島周辺も記されている。

学院長の指差した先には、イスナン島があり……その違和感に、オッシは気付いた。

「島が大きくなっている⁉」

「うむ、臨海学校が終わって数日後、緩やかに島の隆起が始まっての。ほれ、使い魔遠泳レースに使うたあの小島。あれと繋がったのじゃよ」

「それで、島の名前が変わったんです。大イスナン島に」

「名前が……変わった」

呆然と、オッシは呟いた。

「まあ、『大』がついただけじゃがの。それでも国の公式地図に記されておる。オッシ先生ならば、この意味が分かるじゃろう？」

オッシは目を見開いた。

「名前が変わったから……契約書が発動しなくなった……⁉」

契約書の中で、戦闘魔術科が勝った場合の内容はこうだ。

戦闘魔術科が勝利した場合、来年以降、イスナン島における戦闘魔術科のあらゆる雑務を生活魔術科が請け負う。


「ふぉっふぉっふぉ、そういうことじゃ」

「いや、しかし、こんな……名前が変わったとはいえ、契約書の内容は……」

「ふぅむ、オッシ先生。しかしの、契約書は絶対じゃ。これは、オッシ先生の言葉じゃぞ」

「ぐっ……」

オッシは言葉に詰まった。

確かに言ったし、実際契約書はその力を発揮していない。

「儂は別に、生活魔術科の味方をするつもりはないのじゃ。契約書がきちんと発動しておったのなら、それは両魔術科の合意故、何も言わなんだよ。しかしの、契約書はこれを無効としておる。つまり、今回の勝負はなしとせよということではないかの」

ふぉっふぉっふぉと笑いながら、シド・ロウシャ学院長は己の白い顎を撫でた。

「それはつまり、来年以降どうするかはまた、改めて考えるべき、ということですね」

カーの問いに、シド・ロウシャ学院長は頷いた。

「そういうことじゃ。オッシ先生、契約書は無効になった。それは別に、生活魔術科に負けた、という意味ではないじゃろう？　さしずめ、勝負には勝ったが、試合自体がなくなった、といったところじゃのう。ふぉふぉふぉ」

「わ、私の苦労が……」

オッシはテーブルに突っ伏した。

「そこは違うぞ、オッシ先生。心得違いをしてはならぬ。勝利を目指したのは、お主だけではなく、率いてきた生徒達もじゃ。加えていえば、生活魔術科の生徒達も頑張ったのじゃよ」

学院長の追い打ちに、オッシはもはや、ぐうの音も出せなくなっていた。

学院の廊下を、ゴリアス・オッシが早足で歩いていた。

その横を同じ速さで追っているのは、眼鏡を掛けた会計士っぽい男だった。

「オッシ先生、待ってください！　先生！」

「すまない。今は急ぎの仕事があるのだ。話なら、後で聞こう」

オッシは強ばった表情のまま、歩みを止めない。そして、男の方は意地でも見ないつもりのようだった。けれど男は構わず、何枚もの請求書をオッシに突きつける。

「こちらも期日が迫っているのですよ！　雇ったコック、取り寄せた海鮮類、それを運搬した船の支払いがまだなんです！」

「あまり大きな声で言わないでいただけるだろうか。外聞が悪い」

オッシは眉を顰める。

けれど、それでも男を一瞥すらしないのは、さすがであった。

「でしたら、支払いを」

「払わないとは言っていないだろう。心配しなくても、ちゃんと支払うとも」

「お願いしますよ!?」

二人はそのまま、廊下を進んでいく。


そんな様子が目立たないはずもなく、少し離れた所で生活魔術科のケニー・ド・ラック、ソーコ・イナバ、リオン・スターフに加え、戦闘魔術科のフォウ・テイラーも一緒に眺めていた。

「……何か、大変みたいだな。オタクんとこの、上の方」

「あー……ははは」

紙の筒を持つケニーの感想に、フォウは曖昧な笑みを浮かべた。

ただ、あの二人のやり取りがどういうことなのかは、何となく皆察していた。

「支払いがどうとかって、やっぱりあのバーベキューでは相当無理したんだ?」

「うん、そうみたい」

リオンが尋ねると、フォウは頷いた。

そんなフォウを見て、ケニーは頭を掻いた。

「まるで、他人事みたいだな」

「そんなこと言われても、予算とかあたし知らないし。ただ、支払うアテが潰れたっていうのは、分かるかな。ほら、あたしら水域調査してたでしょ。あれ、魚の群れがどの辺にあるか調べてたのよ」

「どういうこと?」

ソーコはよく分からない、というふうに首を傾げた。

「あ……そういうことか」

説明しろ、という視線を仮面越しに向けるソーコに、ケニーは教えることにした。

「イスナン島が隆起して大きくなったって話があっただろう? じゃあ、周辺の潮の流れも変わる。魚達だって居場所を変えるんだ。テイラー達が魚の群れの居所を調べてたのは、漁師にその情報を売れば高値になる。それを、無理したバーベキュー大会の分の予算にするつもりだったんだろう」

ポン、とソーコは手を打った。

「そっか。島の形が変わったせいで、巡り巡ってオッシ先生の見込んだ分のお金が、入らなくなったのね」

「だから、ああやって追われているんだよ。それで、今朝ウォーメン島の神殿から送られてきた、これだ」

ケニーは手に持っていた紙の筒を広げた。

大イスナン島や海賊島、ウォーメン島が記された海図だ。

ただの海図ではなく、様々な魚の居場所も記されている。

「あの女帝さんが地形を変えたから、ってくれた。多分、こうなることも予想してたんじゃないかな」

その海図を再び丸め、ケニーはそれをフォウに渡した。

「え？」

フォウは、手の中の海図とケニーを交互に見た。

「オリジナルは駄目だぞ。オッシ先生に渡すならコピーにしてくれ」

「い、いいの？」

フォウはケニーから、ソーコやリオンにも顔を向けた。

「勝ったのは、戦闘魔術科でしょ。やり方はどうあれ」

「フォウちゃんも、せっかく頑張って海域を調べたのに、全部無駄ってのは悲しいよね？」

ソーコは肩を竦め、リオンはニコニコと微笑んでいた。

「じゃあ、ありがたく！」

ガバッとフォウは海図を抱きしめた。

「ああでも、すぐに渡すのは待ってほしい。もう少しぐらい、あの先生の慌てた様を眺めててもいいだろう？」

「確かに」

言い争いながら遠ざかっていくオッシ達の背中を、ケニー達は眺めるのだった。

あとがき

お久しぶりになります。

丘野境界です。

連日猛暑どころか酷暑の続く、七月にこれを書いています。

室内はクーラー効いていますけどね、やっぱり外は暑いです。

これ、外で仕事したらあかん暑さやろ……とか思いながら日々を過ごしています。


そんな今回の『生活魔術科』の舞台は海になります。

臨海学校ですよ！

海で泳いだり、お化け屋敷で楽しんだり、バーベキューをしたりする……あ、これ本編で全部投入しました。

そしてこれが臨海学校という教育の場である以上、生徒達には課題が与えられます。

いつもの三人にもちょっとした試練があり、それぞれレベルアップします。まだ本編を読まず何故かあとがきから読んでいる方はお楽しみに、本編読了後の方は「ああ、あれか」と思っていただけるかと思います。


今回も色々新しいキャラクターが出てきます。

そんな中でも、東西さんにデザインしていただいた三名の素晴らしいこと。

吸血執事のマルティン、戦闘魔術科のフォウ・テイラー、海底女帝のティティリエの他、何気に火龍の娘であるフラムもイラストで登場ですよ！　この子も今回、結構活躍しています。


裏話的なことを一つ入れますと、今回の本ではいつもの三人以外の生活魔術師達も登場します。人数が多いため、それぞれ出番は少なめですが、実は前作の時点で全員、名前とか設定とか諸々済ませてありました。

このリストがあったので、今回の第三話は比較的スムーズに書くことが出来ました。


そろそろ締めに入りたいと思います。

今回も、宝島社様、担当様、その他様々な仕事をしてくださった方々、イラストレーターの東西様、色々お世話になりました。

それと、この本を手にとってくださった読者の方。

ありがとうございます。

楽しんでいただけると幸いです。

丘野境界（おかのきょうかい）
大阪府在住。
2012年より小説投稿サイト「小説家になろう」にて執筆を開始。
本シリーズにてデビュー。

イラスト **東西**（とうざい）

※この物語はフィクションです。作中に同一の名称があった場合でも、実在する人物、
団体等とは一切関係ありません。
※本書は書き下ろしです。

生活魔術師達、海底神殿に挑む
（せいかつまじゅつしたち、かいていしんでんにいどむ）

2018年9月8日　第1刷発行

著者　丘野境界

発行人　蓮見清一
発行所　株式会社 宝島社
〒102-8388　東京都千代田区一番町25番地
電話：営業03（3234）4621／編集03（3239）0599
http://tkj.jp

印刷・製本　中央精版印刷株式会社

乱丁・落丁本はお取り替えいたします。

ISBN978-4-8002-8664-2